JUNGLE POCKET

小説　劇場版『ウマ娘 プリティーダービー 新時代の扉』

原作／Cygames　ノベライズ／吉村清子
シナリオディレクター・ストーリー構成／小針哲也
コンテンツディレクター／秋津琢磨

角川文庫
24168

ウマ娘――

彼女たちは、走るために生まれてきた。

時に数奇で、時に輝かしい歴史をもつ別世界の名前とともに生まれ、その魂を受け継いで走る。それが彼女たちの運命。

ある者は、自身の可能性の果てを求め、
ある者は、追いかけ続けた存在に自らを示そうとし、
そしてある者は、自らこそが最強だと宣言するために――

この世界に生きる彼女たちの未来のレース結果は、まだ誰にもわからない。

彼女たちは走り続ける。

その瞳(ひとみ)の先にある、ゴールだけを目指して。

★★★ CONTENTS ★★★

PROLOGUE

出走の時を告げるファンファーレが鳴り響くと、満場の客席からドッと歓声が沸きあがった。

早春、三月の空を仰ぐ、中山（なかやま）レース場。

まだ冷たさを残した埃（ほこり）っぽい風の中、緑の芝を踏みしめて、ウマ娘たちがスタート地点のゲートへと向かっていく。

弥生賞（やよいしょう）。トゥインクル・シリーズにデビューして間もない彼女たちにとって、試金石とも言える大切なレースの一つだ。

外枠、8番のゲートに足を進めた黒髪ショートのウマ娘——フジキセキは、こみあげる緊張を抑え込みながら、ひとつ息をつく。

コース脇へ目をやれば、観客席の最前列にトレーナーの姿があった。

腕組みをしてどっしりと構えるその姿は、いかにも熟練の兵という風情。丸眼鏡の奥の瞳が、静かにフジキセキを見守っている。

大歓声の中では、彼の声もここまでは届かない。けれどその瞳に込められた思いは、フジキセキの胸にまで響いてきた。

『おまえならやれる。思う存分いけ』

フジキセキの口元に、小さな笑みが刻まれる。

全員のゲートインが完了し、係員たちがコース脇にはけていく。スタートの時を察した観客たちが、固唾（かたず）を呑（の）んでそのさまを見守る。

『クラシックレースの行く末を占う大事な一戦が始まろうとしています。枠入りを完了したウマ娘たちは、すでに気合十分！』

実況の声を背に、居並ぶウマ娘たちが一斉にスタート姿勢をとる。

フジキセキも、湖水のような淡いブルーの瞳を正面に向けた。

目の前にはぴったりと閉ざされたゲート。その向こうに、これから自分たちが挑むコースが、きらきらと日ざしに輝いている。

『さあ、新たな時代の幕開けをするべく！　注目のレース、いま、スタートです！』

⊂

ドウッと地を揺らす歓声がコースの方から響いて来て、スタンドの入口にたむろしていた数人のウマ娘たちは、さらに焦った表情になった。

「ヤバい、ヤバいってぇ！　レース始まっちまうじゃねーかよ！」

「ったく……、どこで道草食ってやがんだ。トゥインクル・シリーズのレース見てえって言い出したの、アイツだろーがよ。——おい、シマ！」

「ぜ、ぜんぜん既読もつかねーっス！」

シマと呼ばれたウマ娘が、スマホをおろおろと握りしめる。

チッ、と舌打ちをしたウマ娘・メイは、イライラと髪をかきあげつつ、すっかり人影もなくなったメインゲートを睨みつけた。

「……ん？」

『弥生賞』と書かれた大きな看板の下から、小柄な人影が猛然と近づいてくる。

ぴくりと耳をはねあげたメイの隣で、もう一人——ルーも気づいて、両手とシッポ
をぶんぶんと振り回した。

「ポッケーっ！　遅ッせーぞッ！　こっちだこっち！」

「何やってたんスか！　もうレース始まっちゃってるっスよ！」

「——悪ィ悪ィ！　待たせちまったな!!」

ハーフアップにまとめた栗色の髪を、ふわふわと風に躍らせながら。

若草色の大きな瞳に、いかにも利かん気そうな輝きを宿したウマ娘が、大騒ぎで迎

える仲間たちのもとへ駆け寄ってきた。

ジャングルポケット。通称、ポッケ。

特に焦りもせず呼吸を乱すこともなく、にっかりと笑みを浮かべた彼女は、実はとある〝界隈(かいわい)〟では名の知られた存在であり――

「先に言っとくけど、寝坊でも迷子でもねーからな⁉ ここまで来る途中でハマの連中に捕まっちまってさ。こちとら急いでるってのに、どーしてもって引きゃしねぇ。しゃーねーから、ひとレース相手してやった」

「マジかよ、アイツら懲りねーなぁ。何度やったってポッケにゃ敵(かな)わねーってのに」

「で⁉ どーなったんスかレースの結果は⁉」

呆(あき)れ顔をしたメイの傍らから、ワクワクとシマが問う。

へへっと笑ったポッケは、Vサインで胸をはってみせた。

「さっすがポッケさん！ よッ、フリースタイル・レース期待の星！」

「いまさらアイツらなんかに負けてたまるかってーの。で、まあ、電車には乗り遅れちまったんで、川崎(かわさき)から直接走って来た」

あっけらかんと言うポッケを急(せ)かしつつ、一同はレース場へと入っていく。

会話を何げなく聞き流しつつ、辺りの通路を掃いていた清掃員が、最後の一言に思わずギョッと目をむいた。

「か、川崎から……、船橋まで……!?」

ウマ娘のレースといえば、誰もが真っ先に思い浮かべるのは『トゥインクル・シリーズ』だろう。

数々の名ウマ娘たちを輩出してきた、日本ウマ娘トレーニングセンター学園、通称トレセン学園。

そこに所属するウマ娘たちが競い合うトゥインクル・シリーズは、国民的人気スポーツ・エンターテインメントだ。レース終了後には出走したウマ娘たちによる『ウイニングライブ』も開催され、多くのファンを魅了している。

だが、ウマ娘たちの走る世界は、トゥインクル・シリーズだけではない。

トレセン学園に所属せずに、自由なスタイルで速さを競い合うフリースタイル・レースに魅せられたウマ娘たちもいる。

ポッケたちは、そのフリースタイル・レースで人気と実力を誇るチームのメンバーだ。結成以来、周辺地区の強豪チームを次々と打ち倒し、いまフリースタイル界隈で最も注目されているチームである。

そんな彼女らが畑違いともいえるトゥインクル・シリーズのレースをわざわざ観戦しにきたのは、純粋な興味と、ごく軽い対抗意識で――

「やっぱフリースタイルのレース場とは、全然ちげーなァ」

建物は大きくて立派だし、きっとコースはフカフカの芝生だろう。自分たちがいつも走っている、道とも呼べないようなガタガタで穴だらけの地面とは比べようもない。そしてもちろん、そこを走るウマ娘たちも。至れり尽くせり立派な施設の揃った学園内で、日々のトレーニングに励んでいるに違いない。

客席に続く階段を数段飛ばしで駆け上がりつつ、ポッケは皮肉な笑みを浮かべた。

「ここのお嬢サン連中がどんだけ速ェのか、見てやろーじゃん」

〝野良〟の自分たちと、トレセン学園のエリートたち、果たしてどっちが〝最強〟なのか――

観客席の最後尾へと飛び出したポッケたちを、明るい日ざしと歓声が包み込む。

ハッと、ポッケは息を止めた。

バ蹄の轟きが空まで響く。

陽に煌めく芝の上、一団となって駆けていくウマ娘たちの姿に、興奮しきった観客たちの声、実況の煽るような声が重なる。

『フジキセキ！　フジキセキが一気にかわして、先頭のキラノマイウェイに並んでいきます！ さあ一気にフジキセキ先頭か。しかし内、キラノマイウェイがわずかにペースを握ります。半バ身のリード──』

先頭集団の一角を、短い黒髪を躍らせたウマ娘が行く。

どこか悠然とも思える脚運び。

行く手を見据える湖水の瞳(ひとみ)は落ち着いていて、揺るぎがない。

「うっひょーっ！ 迫力やっべぇぇ！」

「中継とは大違いだぜ！」

アイツ速いな、いやあっちもすげぇぜと、興奮して身を乗り出す仲間たちをよそに、ポッケは一人のウマ娘から目が離せずにいた。

先頭から2番手の位置、悠然と行く黒髪ショートの。

あいつは、──違う。

なぜそう思うのか、何が〝違う〟のかもわからないけれど、あいつは──

弥生賞。中山レース場、距離二〇〇〇メートル。

レースはすでに中盤を過ぎている。最後のコーナーへひた走るバ群はぐっと縮まり、先頭を切っていた集団は、速度を上げてきた後続の中へと埋もれていく。

あの、黒髪ショートのウマ娘も。

「あ」

知らず声をこぼして、ポッケは身を乗り出した。


瞬間、フジキセキは爪先(つまさき)を強く踏み込む。

『そこだ』

トレーナーの声が聞こえた気がした。そうだね、と口元に小さな笑みがこぼれた。

迷いはない。見せてあげる。これが、私の——

「ショーの始まりだ……！」

一気に加速。

風の中へ。むしろ自分自身が風となって。

ゴールへの直線、まっすぐに延びる緑の上を、ただひとすじに。


ドッと、風が全身に吹きつけてきたような気がした。

『フジキセキ先頭！　フジキセキ先頭！　外からホッポーパブロも来た！　2番手に

上がって差し切れるか！』

呆然(ぼうぜん)と見つめるしかないポッケの視界の中で、黒髪のウマ娘はぐんぐんと速度を上げてバ群の先頭を突き進んでいく。

みんな、追いすがろうと必死に走り続けている。

けれど敵わない。

みるみる距離が開いていく。

『フジキセキ強い強い！　一気にまた突き放してリードを広げていく！』

完全に独走態勢となったフジキセキの姿に、場内が沸きに沸く。

傍らの仲間たちが興奮し、腕を振り上げ声援を送っている。その声すらも、ポッケの耳には届かなかった。

見開いた瞳に映るのは、先頭を独り往(い)く、黒髪のその姿だけ。

鼓動が高鳴る。

自分もその隣に並んで、ともに走っていると錯覚するぐらい、強く。

『ゴールイン！　やはり強かったフジキセキ！　デビュー戦から負け知らずの四連勝！　クラシック三冠制覇の夢へ向け、大いに期待が高まります——!!』

レースが終わり、観客も帰宅の途につき始めた、夕まぐれのレース場。

ウマ娘たちはもちろん、係員もとうに引き上げからっぽになったコースを見つめたまま、ポッケは立ち尽くしていた。

背後ではまだ興奮冷めやらない様子で、仲間たちがはしゃいでいる。

「いっやー、ヤバかったっスねマジで！　あそこっからもっかいスパートとか、マジあり得ないっス！」

「いいモン見せてもらったぜ。やっぱトゥインクル・シリーズは格が違うわな」

「それな。テレビの中継録ってきたからさ、ウチでもっかい観よーぜ！」

夕暮れのひんやりとした風に首をすくめたルーが、まるで動く気配のないポッケを振り返り、声をかける。

「おーい、ポッケ。そろそろ帰ろうぜー」

「途中でメシ食ってかね？　ラーメンどーよラーメン」

反応はない。

きょとんと眺めやる仲間たちを背に、ポッケは夕暮れのあかがね色に染まり始めた芝生をひたすらに見つめている。

「……俺も、走りたい」

「あ？」

「俺もあんな風に、走ってみたい……！　さっきのあいつみたいに、誰よりも、速く……！」

ぐっと拳を握りしめて。

ポッケは仲間たちの方へ振り返った。広大な芝のコースを背に、ばっと大きく両手を広げ、満面の笑みで宣言する。

「ルー！　メイ！　シマ！　俺は今からトゥインクル・シリーズに入って、最強を目指すぜ！」

唖然と瞬いた仲間たちが、一瞬遅れて意味を理解し、ええっと大声を返す。

空を仰ぐポッケの瞳は、夕陽を映してきらきらと輝いていた。

PHASE: 1

1

何度結び直しても、胸元のリボンはまっすぐになってくれない。

首をかしげたように斜めで留まったリボンを見下ろし、むすっと口をへの字に歪めるジャングルポケット。だがそれも、正面の鏡に映った自分の姿を眺めればたちまち、抑えきれない笑みに変わる。

レモンイエローをベースにライムグリーンを配した、ショート丈のジャケット。ブラックを基調に、ヒョウ柄をあしらったアシンメトリーなミニスカート。おへそと脚は大胆にさらして。どうにもじっとなんてしていられない、弾けそうなパワーが全身にみなぎっている。

(これが俺の、勝負服……！)

グレードの高いレースに挑むウマ娘にしか支給されない、特別な衣装。

デザインチェックの時からワクワクが止まらなかったその服を、ついに身につけて走る日が来たのだ……！

「――ポッケ。着替え、終わった？ そろそろ時間だよ」

カーテンの向こうから、敬愛する先輩の声が響く。

ピンと耳をはねあげたポッケは、更衣スペースのカーテンを勢いよく引き開け、思いっきり胸を張ってみせた。

「へっへーん！ どうすか、姐さん？ どうっすか俺の勝負服っ！」

「すっごくカッコいいよ、ポッケ！ うん、ホントに似合ってる」

湖水の瞳をほころばせながら迎えてくれる、黒髪ショートのウマ娘。

あの弥生賞の日の勝者、フジキセキからの手放しの褒め言葉に、ポッケはデレデレとシッポを掲げた。


初めて生で観戦したトゥインクル・シリーズのレースに感動したポッケは、その日からトレセン学園を目指して本格的なトレーニングを始めた。

トゥインクル・シリーズは並のウマ娘では挑むことすら難しい、狭き門だ。数知れぬウマ娘たちが夢を抱いてその門を叩き、ただ一度の勝利すらつかめず去っていく。

フリースタイル・レースでの経験と実績があったとはいえ、ポッケにとっても決して簡単な道ではなかった。それでもあきらめることなく努力を重ね、ついに、トレセン学園の入学資格を手に入れた。

学園に来て真っ先に向かったのは、寮長を務めるフジキセキのもと。

憧れぬいたあの日の姿に追いつきたいと、耳まで真っ赤に染めて頭を下げたポッケの姿に、最初は驚いた顔をしていたフジキセキも、真剣な目で頷いてくれて——

「ポッケももうすっかりトゥインクル・シリーズのウマ娘だね。ここまでデビュー戦、重賞と連勝して、ずいぶん立派になってきた」

「えっへへー、もっと言ってくれていーっすよ、姐さん！」

フジキセキのお褒めの言葉に、さらにだらしなく目尻をさげるポッケ。

控え室の壁にもたれてやりとりを聞いていた白髪の老人が、丸眼鏡の奥からむっつりと二人を睨む。

「フジ、あまり調子に乗せるでない。ポッケも油断は禁物じゃ。心してかからねば、今日のレースには勝てはせんぞ」

トレーナー、タナベ。

かつてフジキセキを弥生賞にまで導いた、熟練の指導者である。

ポッケが入学した時にはすでに一線を退いていたのだが、フジキセキのたっての願いもあって、ポッケのトレーナーを引き受けてくれた。

その手腕は確かなもので、彼の指導のもとで脚を磨いたポッケは、この冬のデビュー以来一度も負けなし。連勝を飾っている。

そして今日、挑むのが『ホープフルステークス』。

ジュニア級では最高峰の一つと言われるレース。ポッケにとっては最初の大きな関門となる、大切な一戦である。

「出走するウマ娘のレベルも、今までのレースとは段違いじゃ。今日ここで上位を獲った連中が、来年のクラシック戦線に出てくると思って間違いない」

「最強のウマ娘になるには、こっからが本番ってことだよな……！」

こんなところでつまずいていたら、目指す〝最強〟になんかなれない。

顔をひきしめたポッケの胸元に、フジキセキが指を伸ばす。曲がったままだったリボンをいったんほどいて、きれいに結び直してくれる。

「まずは君の力を出し切ることだけ考えて。大丈夫、君ならやれる」

まっすぐになったリボンを結び目の上からぽんと叩いて、微笑むフジキセキ。

ポッケも瞳を上げ、頷いた。

「姐さんに言われるとマジ心強いっす。よし！　今日出て来るヤツら全員、俺の速さで震え上がらせてやるぜ！」

「おまえはまたすぐそうやって！　自信と慢心は違うと何度言えば――」

「ナベさんの説教は聞き飽きた！」

呆れて叱るタナベの声を軽やかにスルーして、ポッケは控え室を飛び出していく。

「1着、獲ってくるからな！　楽しみに待ってろよ！」

ばたん、と勢いよく閉ざされる扉。

嘆息するタナベをなだめながら、フジキセキは楽しげに目を細めた。

C

いよいよだ。

ここからついに、ジャングルポケットの挑戦が始まる。

(俺のトゥインクル・シリーズ……、最強伝説のスタートだぜ！)

高鳴る鼓動をリボンの下に抑えて、ポッケは地下バ道を進んでいく。

まっすぐ延びた薄暗い地下道の先、遠く見える出口。その先に、今日の戦いが行われる阪神レース場のターフが待っている。

そして、その出口から差し込むあわい光を受けて、人影がひとつ佇んでいた。

(アイツは……、……ああ)

このレースに出走する連中はみんな、トレセン学園の同期生——仲の良さに違いはあれど、お互いの顔ぐらいは知っている。

　中でもこの栗毛のウマ娘は、いろいろと〝有名な〟存在だ。

「……アグネスタキオン」

　ゆるりと振り返る、紅い瞳。

　こちらに興味や関心がまるでない、無感情な視線だった。

　ゆるいニットの上からダボダボに袖の余った白衣を羽織り、細く伸びた脚は黒いタイツに包まれている。衣装同様、所作もゆるみきって緊張感はまるでない。

　――けれど。

「速いな、お前」

「……ふぅン？　どうして、そう思う？」

　感情の乗らない瞳が、こちらをとらえて問う。

　フンと煽るように顎を上げ、ポッケは唇を吊り上げてみせた。

「匂うんだよ。強ェヤツの気配が、な……。隠してたって俺にはわかる。いろんなヤツと走ってきたからな」

　タキオンにまつわる噂話は、あげればキリがない。

　変人。奇人。授業やトレーニングはそっちのけで、学園のどこかの部屋に引きこもり、何やら〝研究〟に勤しんでいるらしい。何人ものウマ娘やトレーナーたちがその研究素材として、ヤバい実験に巻き込まれているとか何とか。

だが、速い。

デビュー戦は2着に3バ身半の差をつけ、ラスト3ハロン三三秒台と、初陣を飾るウマ娘とは思えないタイムで余裕の勝利。関係者の間でも、来年の大本命ウマ娘として熱い注目が寄せられている。

もっともポッケはそんなデータに興味はない。信じるのは自分の目。野良のレーサーとして培った野生のカンのみ。

そしていま、その野生のカンが、目の前のウマ娘に強い警戒を訴えていた。

(……なるほど、な)

こいつは確かに〝走る〟ヤツだ。

ゾクリと背筋に走った感覚に、こらえきれないワクワクがこみあげてくる。

「今日はおもしれー勝負ができそうだぜ。勝つのはトーゼン、俺だけど」

自分を指さしてみせたポッケに、タキオンがああ、と小さく呟いた。

どこか深い沼を連想させる、底の知れない紅い瞳にようやく、何かを認識したらしいかすかな色がさす。

「君――、フリースタイル・レースから転向したっていう」

「ジャングルポケットだ」

お前を倒す相手の名だ、覚えておけよ?

言ってやろうとした言葉の代わりに、ポッケの口から飛び出したのは、ひっくり返った情けない悲鳴だった。

「ひゃあぁぁぅ――!?」

「なるほど資質は感じるね。この骨格筋肉の張り、関節の柔らかさも申し分ない。デビュー以来ここまで無敗というのもこれならば納得だ」

一瞬のうちに足元にしゃがみ込んだタキオンが、ポッケのふくらはぎをむぎゅっと捕まえ、遠慮なく撫で回している。

ぞわっ、とシッポから耳まで総毛立つポッケ。

「ななな何しやがるてめえっ!? 離しやがれッ――」

頬を赤く染めつつ、蹴っ飛ばしてやろうと踵を勢いよく振り上げる。

と、タキオンはいきなり手を離し、何事もなかったように立ち上がった。ポッケの脚は思いっきり空を切り、たたらを踏む。

どうにかこらえて振り返ると、タキオンはもうこちらに興味を失ったかのように、出口へ歩いていくところだった。

「待てよッ、おい! 何なんだお前ッ!?」

「アグネスタキオンだが。ジャングルバゲット君」

「知ってるよ! そんで俺はジャングル『ポケット』だ!」

「冗談だよ」

わずかに足を止め、タキオンはポッケを振り返った。

紅い瞳が、ごく薄く、細められる。

「お互い今日は頑張ろう。ジャングルポケット君」

返す言葉もとっさには出ず、ぱくぱくと口を開閉するだけのポッケを残して、今度こそタキオンは去ってしまった。


ホープフルステークス。阪神レース場、芝二〇〇〇メートル。

師走も半ばを過ぎた冬のレース場は、キンと澄み渡った空の下、ターフの緑もどこか冴え冴えとして、冷たい。

ゲートへ向かう新人ウマ娘たちへ、さまざまな声が届く。

これからの活躍を期待するウマ娘ファンの声。ここまでの練習の成果を見せろと叫ぶトレーナーたちの声。ともに戦う友人たちの声援……

『順調に枠入りの進みますホープフルステークス。一番人気はアメリカ生まれの日本育ちペリースチーム。続いてアグネスタキオン、ジャングルポケット――』

「ポッケ、キターッ！」

「三番人気って、けっこー注目されてんの⁉　どーなん⁉」

実況が告げた名前に、わっと興奮した声をあげるウマ娘が三人。

フリースタイル・レースでチームを組んできた仲間たちは、ポッケがトレセン学園に入った後も、変わらない友情で応援してくれていた。今日も朝イチで最前列の席に陣取り、ゲートに向かうポッケへ盛んに手を振る。

「もうこんなデカいレースに出られるんだもんな。やっぱすげーわアイツ」

「ああッ！　いままでと服ちがう！　勝負服ッスよポッケさん！　カッケー！　マジ、パねぇぇー！」

「なかなかサマになってんじゃん。服に負けねえよう気合入れてけよ、気合！」

数席を隔てた位置でタナベとともにポッケを見守っていたフジキセキも、それらの声に思わず頬をゆるめる。

そう。ポッケはもう、ここまで来た。

トゥインクル・シリーズの頂点を目指す第一歩はすでに越え、次のステージに足を進めようとしている。

その先に待つのは、来年から始まる一生一度の大勝負、クラシック三冠——

（ポッケ……、君はこれから、どう戦う？）

ゲート内に収まったポッケは、少し肩を怒らせるようにしつつ、正面をまっすぐ睨み据えている。

◯

出走前の大事な時間に、ヘンなヤツに出くわしてしまった。

ちらりと横目で見やったが、ゲートに阻まれて、内枠にいるタキオンの様子はポッケからはうかがうことはできなかった。

（何だったんだ、あいつは……）

強敵だと認め、勝負を申し出てやったつもりが、完全にあしらわれた。よみがえってくる苛立ちに、ポッケはむすりと唇を引く。

でもまあ、レースは結果がすべてだ。

この屈辱も、自分の走りで見返してやればいい。

（全員まとめて、ブッちぎってやりぁ済む話だ……！）

軽やかな音を立てて、目の前のゲートが開く。

『ホープフルステークス、スタートです！』

地を蹴ったポッケは、勢いよく芝の上へと飛び出した。

爆発的な歓声。ドドッと響く強烈な足音。

フリースタイル・レースの荒れたコースとはまるで違う、脚を受け止め跳ね返す、ターフのやわらかな感触。

空まで続くような、広々と大きく、長く延びていくコース。

走るために用意された世界で、存分に走る悦び――

(見せてやるぜ、俺の走りをな……！)

前方には数人。ポッケは中団。

一番人気と目されるペリースチームのすぐ側につけ、勝負のタイミングを待つ。

(圧がすげえ。さすが、今までのレースとはレベルが違ぇな)

周囲から感じる、強烈なプレッシャー。

反射的に急ぎたくなる脚をなだめて、ペースを保つ。

レースの昂揚感の中でも、状況を判断するだけの余裕はあった。野良であってもトップを争い、幾度となく厳しい勝負を制してきた経験がモノを言う。

この勝負、必ず勝つ！

冬風を切り裂いて、ウマ娘たちはコーナーを曲がっていく。自然と列が詰まり、最終の直線コースに向かって一団となる。

ポッケの前、一番人気のペリースチームがぐっと加速した。先手必勝とばかりに、その背中はじわじわと遠ざかっていく。

まだだ。

ついていきたくなる気持ちをこらえて、ポッケはタイミングをはかる。

歓声が大きくなる。

直線コース、正面の坂を越えれば、もうそこがゴールだ。

(いま――!!)

胸のうちで叫んだ声に、タナベとフジキセキの声が重なったような気がした。

ドッと深く踏み込み、バネのように力をため、解き放つ。前へ向けて、一気に飛び出していく――


――刹那。

傍らを、風が通り抜けた。

栗色の髪を躍らせ、白衣の裾をはためかせながら。

軽々とポッケを抜き去ったタキオンは空を翔ぶような軽やかな足取りで、先頭を行くペリースチームをとらえ、そのまま難なく追い越した。

競り合いにもならない。

瞬きひとつの間に、タキオンの背中はぐんぐんと遠ざかっていく。

『外からアグネスタキオン！　アグネスタキオンが先頭だ！』

意表をつかれた実況が、やや動揺した叫びをあげる。

ごく一瞬、ぽかんとその背中を見送ったポッケも、ギリッと瞳に怒りを宿らせ、猛然と駆け出した。

冗談じゃない。

「ッざけんな……ッ！」

末脚は、ポッケの最大の武器だ。

直線勝負なら、誰にも負けない自信があった。

コースのど真ん中を悠然と行くタキオンの背中を睨み、ポッケは走った。

ペリースチームへと一気に迫り、追い越して2番手にあがる。観客からの大きなどよめきが耳に届く。

さあ。あとは、お前だけだ。

目の前に立つただひとつの姿に、ポッケは激しく呼吸しながら胸中で吼(ほ)える。

(俺は、最強になるウマ娘だ……!!)

声が届いたわけでもないだろう。

タキオンはただ、ゴールへ向け、さらにその脚を速めた。

軽やかに、あざやかに。

距離が開いていく。息を荒らげ、限界まで速度をあげて走るポッケを置き去りにして、タキオンの背中はさらに遠く離れていく。

ポッケは目を見開いたまま、追い続けることしかできない。

『お互い今日は頑張ろう。ジャングルポケット君』

こちらを振り返って細められた紅い瞳が、いまもまだ笑っているような気がした。

『強い強い！　アグネスタキオン先頭、ジャングルポケット2番手！　アグネスタキオン快勝、ゴールイン！』


必死に声援を送り続けていたフリースタイル・レースの仲間たちが、耳とシッポをしょんぼりたらして、ターフを見つめている。

実況も観客席も、目の前で繰り広げられたレースの結果に沸き立っている。

『タイムは二分零秒八！　ジュニア級とは思えぬ余裕の走りでレコード！　アグネスタキオン、楽勝でした！』

まだ新人、たった二戦めとは思えない走り。

会場の空気は完全にタキオンのものになっていた。誰もが興奮さめやらぬ顔で、いまのレースを語り合っている。タキオンこそが来年のクラシック三冠の覇者だと、気の早い叫びをあげるファンまでいる。

「負けちゃったけど……、2着のポッケも、従来のレコードを破っているよね」

傍らのタナベに、フジキセキはなるべく明るい声で問う。

腕組みでコースを見つめていたタナベも、うむと強く頷いた。

ポッケたちのトゥインクル・シリーズは、まだ始まったばかりだ。

2

東京都府中市、中央トレセン学園。

広大な敷地の外れ、多摩川のほとりに、トレーナー・タナベの部室はある。

年季を感じさせる木造平屋に、ギッシリと詰め込まれたレースの資料や各種機材。狭い室内にかろうじて確保されたトレーニングフロアでは、ポッケが日課の筋トレに余念がない。

壁際で燦然と煌めくのは、かつての栄光――GIレースの朝日杯、ポッケも観戦した弥生賞など、タナベが獲得してきたトロフィーたち。優勝レイを傍らにしたフジキセキとタナベが笑顔で並ぶ写真もある。

煌めく過去の風景を背に、タナベはどてら姿でコタツにあたり、茶をすすっている。

「おまえの走りそのものは決して悪くはなかったぞ、ポッケ。もてる力を充分に出しきって……、その上で、タキオンに上回られた」

黙々と腹筋運動を続けながら、ポッケは唇をへの字に結ぶ。

改めて指摘されなくても、走った自分自身が一番よくわかっている。

「あの圧倒的な勝ちっぷり。おそらくまだ本気も出しておらんじゃろ。並のウマ娘ではないのう。来年のクラシック戦線は、タキオンに話題をさらわれそうじゃ」

「何だよ、あいつばっか褒めて。ナベさんは俺のトレーナーだろォ？」

わかってはいても、やっぱり悔しい。

唇を突き出してむくれたポッケに、簡易キッチンにいたフジキセキが苦笑を浮かべて振り返る。

「カリカリしないよ、ポッケ。この一敗を次にどう生かすかが、今後の鍵だと私は思うけどね」

ぽんと頭の上に置かれた手と、差し出されたマグカップ。

ゆらゆら立ちのぼる湯気とともに、はちみつとレモンの甘い香りが漂う。ポッケの大好きな、フジキセキ特製のホットレモネードだ。

首にかけたタオルで汗を拭ったポッケは、マグカップを受け取ると、しょんぼりと目を伏せた。

「……けど、さ。姐さんは全勝だったじゃないっすか。俺だって、後に続けるって思ってたのに……」

壁の写真の中で微笑む、あの日の彼女の眩しい姿。

当時、フジキセキは出走したすべてのレースに勝利した。選ばれし者しか走れないトゥインクル・シリーズで、それだけの成績を残すウマ娘は、本当にたった一握りしかいない。

だからポッケも憧れた。あの日の彼女のようになりたい。常に先頭を往く、最強のウマ娘になってみせるんだと――

けれど、結果は出てしまった。

ポッケはもう、無敗ウマ娘ではない。

うつむいたままの後輩の姿に、フジキセキは優しい笑みを深める。頭に載せた手で髪を撫でつけてやりながら、明るく告げる。

「気持ち、切り替えていこう？　有馬記念の中継、もう始まってるよ」

「ありまきねん……、最強の連中が全員集まるヤツ!?」

「うむ、ファンからの支持で選ばれたウマ娘が、一堂に会するレースじゃな」

タナベがテレビのリモコンを取り上げる。

こちらも年代物の、さして大きくはないモニタの上に、中山レース場の風景が映し出された。

ターフに出てきたウマ娘たちの中、冬風にピンクのマントを翻す、小柄な栗毛の姿がある。カメラがとらえるその姿を、ポッケは食い入るように見つめた。

ショートヘアに飾られた王冠。

ポッケでも、その名はさすがに知っている。

年間無敗の絶対王者。覇王テイエムオペラオーの本バ場入場である。


『今年の有馬記念、注目はやはり覇王テイエムオペラオーです。ここで勝てば年間無敗の重賞八連勝で、シニア級王道GI完全制覇！　とてつもない記録が打ち立てられます！』

『他のウマ娘たちも、何としても一矢報いたいところでしょう。熾烈な展開が予想されますね』

テレビ中継では実況アナウンサーと解説者が、興奮気味に語り合っている。

その声を聞き流しつつ、タキオンはPCモニタに表示させたデータのチェックを続けていた。

傍らのカップを取り上げ、紅茶をひとくち。

テレビから響くファンファーレが、間もなくの発走を告げる。

賑(にぎ)やかなその音色の中、ふいに部屋の戸が引き開けられた。ひそやかな足音とともに、静かな気配が入ってくる。

視線をやったタキオンは、紅い瞳をかすかに細めた。

「やあ、カフェ。相変わらず体調も芳しくないのに頑張ってるね。どうだい、トレーニングの成果は？」

「…………」

返事はない。

学園指定のジャージにタオルをかけ、トレーニングからいま戻ったという風情のマンハッタンカフェは、タキオンの方は振り返りもせず、壁際のコーヒーメーカーへとまっすぐに向かう。

豊かに長い漆黒の髪が揺れる背中に、タキオンはごく陽気に声をかけた。

「実はそんな君にぜひとも試してもらいたい滋養強壮ドリンクがあるんだけどね。つい先ほど試作品が完成したのさ！　漢方をベースにアーユルヴェーダの理論を取り入れてね、ウマ娘の肉体に眠る潜在能力を励起させトレーニング効率をおよそ三八パーセントも向上し――」

掲げられたフラスコの中でぐつぐつと泡立っているのは、緑とも紫ともつかぬ色合いで、ビビッドな輝きを放つナニかの液体。

お気に入りのカップにコーヒーを注ぎながら、間髪を容れずにカフェは答えた。

「いらないです」

トレセン学園校舎の一隅、使われていない理科準備室を、タキオンとカフェは半分ずつ占領してプライベートスペースを設けている。

カーテンでざっくり分かたれた室内の一方は、タキオンの研究室。さまざまな実験器材や資料、PCなどが雑然と詰め込まれた中、趣味で揃えた紅茶の缶だけが華やかな色彩で並んでいる。

もう一方は、カフェがこれまで収集してきた、いわくありげなアイテムたちの保管スペース。星空を模した天井の下、謎めいた絵画や奇怪なオブジェ、人形などの品々を、アンティークのランプがぼんやりと照らしている。

学生寮の部屋以外に自分のスペースをもつのは異例のことだが、どうやら生徒会にもいちおう認められてはいるらしい。

あるいは、そういう措置をとらなければならないぐらい、二人の〝巣〟はヤバい空間なのだとも言えなくもない。

「君の『お友だち』は有馬記念には興味はないのかい？　前代未聞の大記録を覇王が達成するか、全ウマ娘が注目しているレースだよ」

フラスコを実験器材の棚に戻しつつ、タキオンが問う。

傍らのテレビの中では、すでに大半のウマ娘が枠入りを終えていた。実況の興奮した声がしきりに響く。

カフェはコーヒーカップを白い手に抱え、ソファに静かに腰掛けた。

「さあ……。『彼女』……、いま、ここにはいませんから……」

「ふぅン……、なるほどね」

カップを傾けるカフェの青白い横顔は、タキオンにもテレビの向こうの喧噪(けんそう)にも、まるで興味はなさそうだった。

その黄水晶(シトリン)の瞳(ひとみ)はいつでも、ただひとつの影だけを見つめている。

フッと細められたタキオンの瞳に、あからさまな好奇心が滲(にじ)む。

「そこにいないはずの、誰にも見えない存在を追いかけて――、カフェ、君はいったい何に到達しようというんだい？」

見えないものが、カフェの瞳には見えるという。

霊。あやかし。呪い。闇に惑うもの。この世ではない、どこか別の世界から訪れたモノ……

タキオンと半分ずつ分け合ったこの部屋には、その類(たぐ)いがあふれ返っている。コレクションされたさまざまの品には、常人では理解できない〝なにか〟が宿っていたり、実際に怪奇現象を引き起こしたりすることもあるらしい。

それだけなら、タキオンがカフェに関心を抱くことはなかっただろう。

もとよりオカルトには興味はないし、彼女の周囲で奇妙な音がしたりモノが消えたり、科学的に説明のつかない現象が起きたところで、こちらの研究に支障さえ出なければ問題はない。

ただ、唯一――彼女の『お友だち』の存在には、激しく興味をかきたてられた。

姿はカフェ自身と、どこか似た雰囲気なのだという。

それでいて、ウマ娘であるカフェよりもずっと速い。一度たりとも追いつけない。

単純に足が速いだけではなく、コーナリングの技術がとてつもない。軽々とカフェをはねのけて、あっと言う間に彼方(かなた)へ走り去ってしまうのだ、と。

それは単なる妄想か、イマジナリーフレンドと呼ばれるような存在か。あるいは本当に、人智を超えた何者かなのか。

正体については、タキオンには正直、どうでもよかった。

重要視すべきはその『お友だち』の存在が、マンハッタンカフェという一人のウマ娘に何を与えたのかということ。

彼女のモチベーションに。彼女の走りに。『お友だち』はどう作用し、どんな未来を引き出すのか──

観察するようなタキオンの視線を、カフェはやはり顧みもしない。

カップに揺れる黒い水面を見つめたまま、静かな声はごくそっけなく、いつもと同じ言葉でタキオンを突き放す。

「私は、ただ……、『お友だち』に追いつきたいだけですから……」

かたくなな、けれど、揺るぎのない横顔。

タキオンの口元に、くすりと意地の悪い笑みが浮かぶ。

「君をそこまで魅了する『彼女』、私も一度はこの目で──、いや、どうせなら追い抜いてみたいな。どうだい？」

「──」

返事はない。

無言のまま、カフェが黒髪の間からこちらを睨む。凍てつく北極の氷山のような視線が、タキオンへと突き刺さった。

『お友だち』に関することにだけ、示される強烈な感情。

その熱と執着がまた、タキオンの興味をかきたてる。

首をすくめて小さく笑ったタキオンは、デスクチェアごと身体を半回転させた。再びテレビに向き直り、あぁと呟く。

「いつの間にか始まってるじゃないか、有馬記念。……へぇ、これはなかなか、覇王にとってもハードな展開なんじゃないか？」

十六人のウマ娘たちはすでにコースに出ており、熾烈な競り合いの真っ最中だった。

後方のバ群の中に、ピンク色の王冠が覗く。

前代未聞の大記録、重賞八連勝をかけて走る覇王テイエムオペラオーは、周囲からの徹底的なマークを受け、一群の中央に沈められていた。

これでは前には出られまい。

今年一年の中長距離シニア級レースを、すべて奪い取った王者の誇り。

その王者に最後に一矢報いようと、挑みかかるウマ娘たちの意地。

カメラとモニタを挟んでも、なお伝わってくるその熱——

「本能なのだろうね、我々ウマ娘の。走らずにはいられない。その先に待つ〝何か〟を渇望し、執着し、追い続ける——」

それこそが、タキオンを魅了してやまない謎、そのものだ。


有馬記念。中山レース場、距離二五〇〇メートル。

遅い午後の陽光の下、響く歓声と怒号。

覇王に覇王の走りをさせない、完全包囲の態勢となったレースに、誰もが叫び声をあげていた。

あるいは、幻視する。

ついに。この年最後のレースに。覇王を打ち倒し、勝ちをもぎとるウマ娘が現れる、そのさまを——


オペラオーは不思議に凪いだ心で、目の前の光景を見つめていた。

前にも横にも後ろにも、同じ学園で、レース場で、よく見知った顔がある。

尊敬すべき先達たち。

クラシック三冠を競い合った同期。

三冠には間に合わなかったが、今年になって一気に本格化を迎えた同期。

全員がオペラオーひとりを注視し、意地と情熱のすべてをかけて、打ち負かそうと走り続けている。

強烈なプレッシャーを全身に浴びせかけられながら、オペラオーはゆっくりとその感情を噛みしめる。

歓喜。

（あぁ、そうだとも。君たちがいてくれるからこそ……!!）

ともに切磋琢磨し、高め合うからこそ、到達できる境地。

輝ける星々のような強敵たちが集うからこそ、覇王の道は華麗なる銀河となって、はるか果てまで続くのだ！

『さあ間もなく第4コーナー、外の方から早くもナリタトップロード、そしてムツカドー！　テイエムオペラオーはどうするんだ!?　残り三一〇メートルしかありません——！』

中山レース場の短い直線に、ウマ娘たちがなだれこんでいく。

悲鳴のような実況の声に、満席の観客からどよめきがあがった。覇王を囲む包囲網は未だに破られていない。

まさか。終わるのか。伝説は、覇王はここで——

目前に迫りつつあるゴールまでの道を、オペラオーはまっすぐに見つめた。

混み合ったバ群の足元で芝がえぐれる。誰かの蹄鉄(ていてつ)が泥を踏み、跳ね返った土くれがつぶてのように虚空を切って――

正面だけを見据えたオペラオーの額に、命中した。

「――ッ……！」

時速七〇キロメートルにも及ぶ速度から放たれれば、ただの泥塊も弾丸に等しい。

さすがのオペラオーものけぞり、足が乱れる。

ぐらりとよろめきかけた脚を、どうにか踏みしめ転倒は避けた。額から伝い落ちた泥が目に流れ込み、視界を滲(にじ)ませる。

一瞬のその隙に、包囲していたウマ娘たちがドッと一斉に前に出る。

地鳴りのような歓声が中山を揺るがせた。

『二〇〇を切った！　残り二〇〇メートルを切った！　テイエムは来ないのか！　テイエムは来ないのか!?』

ゴールは目前。オペラオーはまだ、バ群の中にいる。

「覇王は……、いかなる苦難にも、屈しはしない……!!」

凛と上げられた瞳が、真紅く煌めいた。

前を塞ぐバ群。

完全に遮られたとしか見えないその列の間に、覇王の瞳は道を見た。

その一刹那でしか入り込めない、ただ一人分の身体しか通れない、だが、確かに未来へと続く道。

踏み出した脚から、ドッと風が噴き上がる。


息をするのも忘れ、ポッケは見つめていた。

掌の間でいつの間にか冷めてしまったマグカップを、フジキセキの手がそっと取り上げ、傍らに置く。

そのことにも気づかず、ポッケの視線はひたすらに、画面の中ついに動き出した、その姿を追っていた。

『テイエム来た！　テイエム来た！　テイエム来た！　テイエム来た――!!』

実況の絶叫。

　まるでそのリズムに合わせるような華麗な足取りで、オペラオーはコースの中央を突出していく。

　先にバ群を抜けて先頭へ出ていたのは、同期のメイショウドトウ。

　今年になってオペラオーと肩を並べる成長を示し、けれど、ただの一度も勝てずにいる彼女に、またも覇王が襲いかかる。

　気づいたドトウが愕然と息を呑み、すぐまた正面に向き直って猛然とスパートをかける。

　その背中へ、肩へ、オペラオーは一歩、また一歩と並びかけていく。

『テイエム来た！　テイエム来た！　抜け出すか⁉　メイショウドトウとテイエム！　テイエム！　テイエム――‼』

　並び、そして――

　信じられない光景に、ポッケの両眼が大きく見開かれていく。

『テイエムか！　テイエムか！　わずかにテイエムかーーッ‼』

　中山に吹いたその風が、頰を一瞬叩いたような気がした。

　ゴール板の前を、ふたりのウマ娘が駆け抜ける。ほとんど同着、だが、ハナ差でわずかに前に出たのは――

　夕空に煌めく、覇王の王冠。

『すごい苦しいレースでしたが！　わずかに抜け出したテイエムオペラオー！　覇王の意地を！　底力を！　すべてのウマ娘に示してみせました――!!』

ピンクのマントが、風に大きく翻る。

泥にまみれた顔を気高く上げ、瞳を輝かせたオペラオーは、拳を天につきあげた。

怒濤のような歓声に、会場が揺れる。

『年間無敗！　シニア級王道GⅠ完全制覇！　覇王の伝説はウマ娘の歴史に永遠に刻まれることでしょう!!』

テレビの前で固まったままのポッケの後ろで、フジキセキとタナベが同時に感嘆のため息をついた。

「オペラオー……、やりおったのぅ……」

「うん……！　あれだけの包囲を突破して、あのギリギリの距離から仕掛けて勝つなんて……、あり得ないよ。ほんとにすごい」

二人の声を遠く聞きつつ、ポッケは身を震わせた。

身体が熱い。

画面越しでも伝わった覇王の気迫、勝利をもぎとった姿が脳裏から離れない。

「……ヤベえヤツだらけじゃねえか、トゥインクル・シリーズはよ……！」

覇王も、その覇王を追ったライバルたちも。

つい昨日、自分を軽々と打ち破っていったタキオンも――

(負けてられっかよ……！)

強く拳を握りしめ、ポッケは勢いよく振り返った。

「特訓だッ、ナベさん！　冬休みなんかいらねえ！　来年は絶対にあいつらに勝って、俺が最強になるんだからなッ！」

突然叫び出したポッケに、びっくり顔になったタナベとフジキセキも、すぐに笑みを浮かべて頷く。

「よくぞ言ったポッケ！　よし、今から走り込み百キロじゃ！　ついてこい！」

コタツから飛び出したタナベが、どてらを脱ぎ捨て戸口に向かう。ポッケもおうと叫んでその後を追った。

先を争うようにおもての河川敷へ飛び出していく姿に、フジキセキが苦笑を浮かべながら、二人分のジャンパーを腕に抱える。

「気持ちはわかるけど、ナベさんは歳を考えて！　ポッケもちゃんとペースを考えて走るんだよー！」

3

正月を迎え、新たな一年が始まれば、ポッケたちの春シーズンは目の前だ。

クラシック三冠——

新人ウマ娘たちによる、一生涯に一度しか挑戦できない特別なレース。

皐月賞（さつきしょう）。中山レース場、距離二〇〇〇メートル。

東京優駿（ゆうしゅん）・日本ダービー。東京レース場、距離二四〇〇メートル。

菊花賞（きくかしょう）。京都レース場、距離三〇〇〇メートル。

この三つのレースを『クラシックレース』と呼び、そのすべてに勝利したウマ娘は『三冠ウマ娘』と称される。

レース場も距離もそれぞれ違う、条件の異なるレースを制覇するのは並大抵のことではない。事実、ウマ娘の歴史上でも三冠を達成できた者はごくわずか、数えるほどしかいないのだ。

だからこそ、その偉業を成し遂げたウマ娘は最高の栄誉をうけ、歴史に名を刻むことになる。

（だったら、なるっきゃねーよなぁ！　三冠ウマ娘……！）

一月下旬。

教室の窓辺にちらちらと舞う小雪を眺めながら、ポッケは指に挟んだシャーペンをくるりと回す。

教壇では担任教師が、クラシック三冠レースの歴史や過去参戦したウマ娘たちの詳細を熱心に解説しているが、あまり頭には入ってこなかった。

そんなことより、早く外に出て走りたい。

雪だって構うものか。ぐずぐずしている暇なんてない。

まもなく皐月賞の前哨戦が始まる。いまはこの教室に並んで授業を聞いているクラスメイトたちも、来月あたりから次々とレースに出走していく。ポッケも来月には、共同通信杯への出走を控えているのだ。

ふと、前方の空席に目が留まった。

そこに本来座るべきウマ娘の姿は、もう何日も見かけていない。

（タキオンのヤツ、今日も来てやがらねえ……）

決して優等生ではないポッケ以上に、タキオンは不真面目極まりない生徒だった。

そもそもこの教室で、彼女の姿を見たことが何回あっただろうか。

自分たち同期の存在なんて、最初からタキオンの眼中にはないのかもしれない。

くるりとシャーペンを回して、ポッケは唇を噛む。

ホープフルステークスのあの日、こちらを振り返って笑った紅い瞳が脳裏によみがえり、無性に苛立ちがこみあげた。

(眼中にねえってんなら……、無理やりこっち向かせてやるっきゃねーか)

◯

熾烈なレースに向けてトレーニングの日々を送るウマ娘たちの学園でも、一日の授業が終わった放課後は、解放感と賑やかなおしゃべりにあふれている。

ざわめく教室の中、教科書類を適当に鞄に放り込んでいたポッケに、明るい鹿毛のクラスメイトが声をかけてきた。

「ねえ、ポッケちゃん。駅前にできた新しいお店、知ってる? お昼にウララちゃんから聞いたんだけどね、ニンジンオッチャホイがすっごく美味しいんだって!」

小豆色のポニーテールに、ピンク色の耳カバー。おっとりと小首を傾げて微笑むさまは、野性的なポッケとは正反対のおとなしい印象を受ける。

ダンツフレーム。ポッケと同期の彼女は、この先のクラシック三冠を競い合うライバルでもある。

容姿も性格もまるで異なるポッケとダンツだが、意外と二人は仲が良い。

「オッチャホイかぁ……！ 最近食ってねぇなぁ……」

「だよね。トレーニングが終わったら、行ってみない？」

誘惑に一瞬引き込まれかけたポッケだが、いやいや、と頭を振ると、鞄を閉じて立ち上がった。

「悪ィ、ダンツ。また今度な。俺、いまからちっとタキオンのトコ行って、ドヤしてやんねーとだからさ」

「ど……、どや……？」

「あのヤロー、ちょっと勝ったからって余裕こいてやがるだろ。教室にも全然来やがらねーし、ナメてんだよ俺らのこと。クラシック始まる前に、ドカンと一発！ 気合ブッ込んでやらねーとな！」

固めた拳を虚空に打ち込むポーズをキメて、ニヤリと悪い笑みのポッケ。

理解が追いつかず、目を丸くして立ちすくんだダンツを残して、ポッケは意気揚々と教室を出て行ってしまう。

「じゃーな、ダンツ！ また明日（あした）！」

「――ちょっ……、ちょっと待って……！ ポッケちゃーん……!?」


トレセン学園の中でも奥まった位置にある、離れの校舎。

いまはあまり使われていない教室が並ぶ廊下を、ためらうことなく進んでいくポッケ。そのすぐ後ろから、こちらはきょろきょろと辺りをうかがうようにしながら、ダンツがついていく。

「タキオンのヤツ、ロクに授業にも出ねーで、こんなトコに引きこもってやがったのか。てか、専用の研究室があるとか何様だよ？」

「ルドルフ会長の許可は、もらってるってウワサだけど……」

不安げな視線を落ち着きなく周囲に投げているダンツに、振り返ったポッケは肩をすくめた。

「ダンツもさぁ、わざわざ付き合ってくんなくても良かったんだぜ？　練習だってあんだろ、お前も」

「だ、だってぇ……。ポッケちゃんだけだと心配だし……」

勢いよく手を振って歩くポッケの、妙に固く握られている拳を見やり、ダンツは曖昧な笑みを浮かべた。

ポッケが見かけほど乱暴なウマ娘ではないことは知っている。少しばかりケンカっ早いところはあるけれど、仲間思いで義理堅い、愛すべき友人だと思う。

ただ、レースのこととなると熱が入りすぎる。しかも相手のタキオンは、ダンツにもまったく出方の読めない、変わり者のウマ娘だ。

大事にだけはなりませんように、とハラハラお祈りするダンツの心境を知るよしもなく、ポッケは一室の前で足を止める。

「おっ、この部屋か？」

煤けた『理科準備室』の表示の下。

引き戸に手をかけるポッケの姿を、ダンツは息を呑んで見守った。


窓の外には雪が降り残り、古びた理科準備室はストーブをつけていても、まだどこかひんやりとしている。

モニタに表示させた分析データを食い入るように見つめていたタキオンの背中に、勢いよく戸を開く音が届く。

「タキオン！　いるか⁉　ジャマすんぞ！」

ずかずかと大股に踏み込んで来たポッケは、値踏みするような視線で室内を眺めて、フンとつまらなそうに鼻を鳴らす。

すぐあとから入って来たダンツが、申し訳なさそうに首をすくめ、誰へともなく頼りなげな声をかけた。

「お……、おじゃましまーす……、――ひっ⁉」

「…………」

部屋を仕切る濃色のカーテンの陰に、ひっそりとカフェが座っていた。ぼんやりと光を落とすランプを受けて、長い髪が濡れたように黒い。

幽霊にでも出くわしたような顔で見つめるダンツに、カフェはまるで関心なくコーヒーカップを傾けている。

突然の闖入者たちに、タキオンはちらとも視線を向けることはなかった。モニタを見つめたまま、何やら忙しくキーボードを叩き続けている。

ぴくりと、ポッケの眉が上がる。

タキオンの傍らに詰め寄り、元からよく通る声をさらに大きくはりあげた。

「おい、タキオン！　クラシックが始まるってのに、こんなトコ引きこもってお勉強たぁ、ずいぶん余裕じゃねーか？」

あからさまに因縁をつけに来ているポッケにも、タキオンは微動だにしない。視線はモニタに固定したまま、そっけなく背後に声をやる。

「カフェ。お客だよ」

「アナタのお客のようですけど……」

漆黒の同居人は、丸投げを受け容れてはくれなかった。

肩を落として嘆息したタキオンに、しびれを切らしたポッケがさらに顔を覗き込むようにして言い募る。

「何とか言えよコラ。言っとくけどなァ、俺に一回勝ったぐらいで調子に乗ってんなよ、おい？」

「あぁ、誰かと思えば……、昨年末に私に負けたジャングルポケット君か」

「あァン⁉ お前いきなりケンカ売んなら買うぞこっちもよ⁉」

いまやっと気づいたというていで、しれしれと言ってのけたタキオンに、ポッケが瞬間湯沸かし器のように反応する。

入口付近で立ち尽くしたダンツは、はらはらと見つめているしかない。

と、目の前にぬっと何かが突き出される。

ニンジン模様が可愛いマグカップに、ミルクが甘く香るカフェオレが湯気を立てていた。

反射的に受け取ってしまったダンツに、カフェがこくりと頷く。

「あ……、ありがとう……」

「……ん」

再び、カーテンの陰へと戻っていくカフェ。

所在なくカップを抱えたダンツも、カフェが座ったソファの端っこに、おずおずと腰を下ろす。

部屋の中央では我の強いクラスメイト二人が相変わらず、互いにかみ合わないやり取りを続けている。

「それで結局、君はどういう目的で私の研究を中断させに来たんだい？　用があるのなら手短に頼むよ。私はいま忙しいんだ」

塵でも掃いて捨てるかのような声音で、タキオンが言う。視線は変わらずモニタに向けられたまま、傍らのポッケを見もしない。

お前のために割く時間はない、話を聞く価値もないと、言い切るような横顔。

カッと頭に血が上るのを、ポッケは感じた。

ホープフルステークスの光景が脳裏をよぎる。全力で走るポッケなどまるで眼中にないように、軽やかに追い抜き去っていったあの背中。

あぁ、確かに。いまの俺の姿など、こいつの視界には入っていないのかもしれない。だったら。

ポッケは両腕を伸ばし、タキオンの座るデスクチェアの背もたれをつかんだ。

そのまま椅子を回転させ、強引に自分の方へ向き直らせる。

初めて、視線と視線が、正面から合った。

逃がさないよう、両手でしっかりと背もたれをつかんだままのポッケの腕の間から、さすがに驚いた顔のタキオンが、こちらを見上げている。

ようやく表情を変えたタキオンに、どこか溜飲が下がるのを感じつつ、ポッケは言い放った。

「クラシック三冠は俺が頂く。世代最強の座に輝くのは、この俺だ！」

紅い瞳が、ひとつ、瞬く。

逸らされないようその瞳をまっすぐ睨み据えて、ポッケはさらに宣言した。

「今年の俺は去年とは違う。あん時みたいな負けは二度としない。だからお前も本気で来い。弱いお前に勝ったって、自慢にもなんねーからな」

背もたれを握る指に、知らず力がこもっていた。

引きはがすようにその手を離して拳を作ったポッケは、まだ唖然とこちらを見上げているだけのタキオンへ、勢いよく突きつけた。

「全力でかかって来い！　タキオン！」

しんと、部屋に沈黙が落ちる。

驚いて声もないようなダンツと、無表情で傍観していただけのカフェも、何らかの応えを待つように、自然にタキオンへ目を向ける。

タキオンの返答は、ない。

焦れたポッケがもう一度、焚きつけてやろうと口を開きかけた時――

「……クク……、ははは……、あははははは……ッ！」

デスクチェアに悠然と腰かけた姿勢のまま、タキオンは肩を震わせ笑っていた。

ポッケもさすがに、言葉を失う。

タキオンの笑い声は次第に大きく、ハッキリとなって――笑い転げている、と言っていい様相を呈していく。腹を抱え、目元に薄く涙さえ滲ませて、おかしくておかしくて仕方がないように笑い続ける。

「私に、勝つ……？　君が……!?　ははは……！　あははははッ……！　なるほど、そうか……！　そう来るか……!!」

「何がおかしいッ!?」

ようやく我に返って、ポッケが叫ぶ。

反射的に胸ぐらへ向かって伸ばされた手を、タキオンはそっけなく払いのけた。睨みつけてくる視線も構わず、スッと椅子から立ち上がる。

「君の挑戦、受けて立とう」

一瞬前までの爆笑は、嘘のようにかき消えていた。

紅い瞳が冷然と、ポッケを見下ろす。

傲慢なまでの自信を瞳に宿らせ、タキオンは唇をごく薄く歪めてみせた。

「期待しているよ。せいぜい頑張って、追いつきたまえ」

豹変した相手のさまに、息を呑んだのも一瞬。

ポッケの口元にも、不敵な笑みが浮かぶ。

「その言葉、そっくり返すぜ」


お前にだけは、絶対に負けない。


まるでカチコミにでも乗り込む勢いだった行きの表情はどこへやら。理科準備室を出て廊下を戻っていくポッケは、すっかり上機嫌だった。

「ったくよォ……、相ッ変わらず、何考えてんのかサッパリわっかんねーヤツだけど、やる気は一応、出たみてーだな。おもしろくなってきたぜ……！」

この先の勝負を思い描いているのか、にやにや笑いも隠さないまま、大股に歩いていくポッケ。

その隣で、ダンツは少しうつむきがちに考え込んでいる。

「皐月賞、マジで楽しみだな！　今度こそあいつをブッ倒して、俺が三冠もぎとってやる。でなきゃ〝最強〟は名乗れねえ。そうだろ、ダンツ!?」

「——えっ……、……あ、うん……」

慌てて顔をあげ、ポッケを見やるダンツ。

きょとんと瞬いたポッケは、おい、と軽く肘を当ててきた。

「ボーッとしてる場合じゃねーぞ？　お前だって出走るんだかんな、クラシック三冠！」

「……ッ、……そうだね……」

一瞬、返答の遅れたダンツを、ポッケはどうとったのか。

もう一度、活を入れるようにダンツの肩をこづいて、ポッケは裏のない、すっぱりとした笑顔で言う。

「つきあってくれて、あんがとな。お前も練習、頑張れよ！」

じゃあなと明るい声を残して、ポッケは軽やかに廊下を走っていった。小雪はまだ降り続いているが、ポッケには関係ないのだろう。

トレーナーのタナベやフジキセキに叱られながらも、雪のグラウンドを元気に走り回るポッケの姿が目に浮かび、ダンツは小さく首をすくめた。

（……すごいな。ポッケちゃんは……）

いつだってポッケは本気で、まっすぐで――強い。

一度は負けたタキオンにも、正面から挑戦状を叩きつけて。迷いなく全力で勝負に挑んでいく姿には、圧倒されずにいられない。

ダンツとて、三冠に挑むウマ娘なのに。

（ポッケちゃんも、タキオンちゃんも……、わたしのことなんて、きっと目にも入ってないない）

足りない。

ポッケやタキオンのライバルとして並び立つためには、実力も、度胸も、自信も、何もかもが足りない。

「……わたしだって……、……負けたくない」

しんと冷えたほの暗い廊下に、深く呼吸をひとつ。

再び顔をあげたダンツは、自分のトレーナーが待つ部室の方へ、まっすぐ足を踏み出した。

PHASE: 2

1

月が変わり、二月。

季節はまだ厳しい冬のただ中にあるが、クラシック級のウマ娘たちはすでに、春の皐月賞に向けて熾烈(しれつ)な前哨戦(ぜんしょうせん)に挑んでいる。

『共同通信杯はジャングルポケット勝利／皐月賞に向け気合十分！』

ネットニュースの記事に、アグネスタキオンは満足げに目を細めた。

つい先日、この研究室にまで乗り込んできた同期はいま、かなり調子をあげているようだ。陣営のコメントは熟練のトレーナーらしく控えめな表現ながらも、皐月賞への確たる自信を示している。

『〝三冠は俺が獲る！〟
ジャングルポケット、ホープフルS勝者タキオンへ堂々宣戦布告！』

ポッケ本人へのインタビュー記事には、挑発的な表情の写真とともに威勢のよい見出しが躍っていた。取材現場は相当盛り上がったに違いない。

（……想定以上、かもしれないな）

ふむ、と腕を組み、しばし思索にふける。

フリースタイル・レースでの戦績データ、そしてホープフルステークスで実際に対戦した際のデータ。タキオンが見る限り、ポッケの実力が世代トップクラスであることは間違いなかった。

観察対象の数は、多いに越したことはない。ポッケの走りはタキオンの研究にも重要な示唆を与えてくれることだろう。

だから挑発して、焚きつけた。

何よりも強さにこだわる彼女の能力を引き出すためには、敵の存在がもっとも効果的だと予測できたからだ。

そして、その予測は見事に的中した。敵愾心をかきたてられたポッケはタキオンの背中を追いかけ、実力に磨きをかけていく。

このままレースを重ねていけば、やがては到達するかもしれない。

ウマ娘の走り、その極みへ向けて、確実に──

「…………」

ぞくりと背筋に走ったのは期待か、──それとも。

口元に刻んだ笑みが、知らず、深くなる。

目の前のPCをシャットダウンして、タキオンは立ち上がった。

C

いまにもへたり込んでしまいそうになる身体を、両膝(りょうひざ)についた手でどうにか支えて、マンハッタンカフェは荒い呼吸を継いでいた。

頭上の空は鉛色の雲に低く覆われ、グラウンドは薄暗かった。奥のトラックで下級生たちがランニングしている声も、冷たい風にどこか虚(うつ)ろに響く。

どうにか顔があげられる程度まで呼吸を整えたカフェは、のろのろとタオルを取り上げ、滲(にじ)んだ汗を拭(ぬぐ)った。

次のレースまで、もう日数がない。

焦る気持ちとは裏腹に、身体はちっともいうことを聞かなかった。

年末から体調は良くなかった。次々とレースで結果を出していく同期たちの中で、カフェ一人だけが思うような走りもできず、勝利をつかめずにいた。

　年明けからも状態は改善されず、体重まで減り始めた。コンディションが悪化すれば当然、タイムも落ちる。トレーニングは成果にはならず、むしろさらに体調を乱す要因にまでなっていた。

（どうして……？　このままでは、私は……）

　タオルを握りしめ、カフェは悔しく唇を引く。

　汗の引いた身体が冷えていく感触に、自然と身体が震えた。飲み物を、とベンチの方へ向かおうとして、はっと足が止まった。

　曇天の下、長く延びた直線コースの果てに、黒い人影が佇（たたず）んでいる。

『お友だち』が、こちらを見ていた。

　視線を確認できたわけではない。距離が遠すぎる。顔立ちも表情も判然とはせず、だけど、見られている、と感じた。

　思わずそちらへ、一歩を踏み出す。

　その瞬間にはもう、『お友だち』はくるりと背を返して走り出していた。いまのカフェでは絶対に追いつけない速度で、あっと言う間に視界の彼方（かなた）に消えていく。

　独りぼっちで、カフェは芝の上に立ち尽くした。

——ずっとずっと、そうだった。

他の人には見えない何かが見えてしまうカフェは、いつも孤独だった。

見えたモノの存在を口にしただけで、嘘つきと呼ばれたこともあった。直接の拒絶がなかったとしても、気味悪がられ、遠ざけられ、輪の中に入れず立ち尽くすことが多かった。

次第に、自分から周囲と距離をおいた。

カフェの周りに現れる不思議な存在たちは、時には危険なモノもあったが、単にいたずらなだけで悪意はないモノもたくさんいた。こちらをからかったり、笑わせたり、一緒に遊んでくれることすらあった。

見える、というだけで拒絶してくる人々より、ずっと親しみを感じた。

そうして自分と〝かれら〟だけの世界に閉じこもろうとしていたカフェの前に、ある日、彼女が現れたのだ。

視界のはるか先を軽やかに走り抜けていく、カフェとよく似た漆黒のウマ娘。

彼女の走りはどこまでも自由だった。そこから動けないカフェを置いて、どこまでもどこまでも、とどまることなく走っていく。

その先には、どんな世界があるのだろう。

彼女に追いつくことができたら、自分にも見えるだろうか。

きゅうくつに絡みつく狭い世界を飛び出して、その先へ――

暗い雲に閉ざされた空の下、いまはその姿はない。

からっぽになってしまったグラウンドで、カフェは身体を震わせた。

(追いつけない)

『お友だち』に追いつくために、もっと速く走れるようになりたくて、カフェはトレセン学園に来た。練習は大変だったけれど、重ねれば少しずつ彼女との距離が縮まっているように感じて、いくらでも頑張れた。

けれど、いまは。

皐月賞の前哨戦である弥生賞が、すぐ目の前に迫っている。

同じ世代のウマ娘たちの中で一番速い存在になれれば、きっと彼女にだって追いつけると思った。それだけを目指して、ずっと走ってきたのに――

ぎゅっと拳(こぶし)を握りしめて、カフェは彼女の去ったコースの先を見つめた。

(……まだ。まだ……、頑張れる)

あきらめたくない。

身体の奥にくすぶる重い疲労感を無視して、カフェは踵(きびす)を返した。もう一本走り込むために、直線コースのスタート地点まで戻ろうとして。

「……、え……」

意外な光景に、思わず瞬いた。

芝の上でタキオンがウォームアップをしていた。服装も、これまでほとんど目にしたことがない学園指定のジャージ姿だ。

どういう風の吹き回しか。

啞然と瞬いたカフェの気配を察してか、タキオンは自分からたずねてくる。

「私の姿がグラウンドにあるのが、そんなに珍しいかい？」

「……明日は、嵐が来るかもしれません」

「心外だね。クラシックを目前にしたウマ娘がトレーニングに励むのは、ごく当たり前のことだろう？」

〝ごく当たり前〟が誰よりも似合わない独立不羈の変人ウマ娘が、真顔でまっとうなことを言う。

明日は本当に、とんでもない荒天になるかもしれない。

胡乱げに眺めるカフェの視線も意に介さず、タキオンはストレッチを終えて立ち上がった。

コースの行く手を見つめる瞳には、抑えきれない輝きが宿っている。

「私にとっても一生涯に一度のチャンスだからね。この身をもって検証するためには、観察対象（モルモット）だけではなく、私自身もベストの状態で挑まねば、望む結果には至れない」

相変わらず、自分独りだけが理解できるような言葉を呟（つぶや）いてから、ふいにタキオンはカフェを振り返った。

「弥生賞も近い。君と同じレースで走るのも、初めてだ」

「……！」

かすかに息を呑（の）んだカフェを、紅（あか）い瞳がまっすぐに覗（のぞ）き込む。

「君の走りが、私にどんなデータを提供してくれるか……、とても、とても楽しみだよ」

ふいとそのまま背を向け、走っていくタキオン。

見送るカフェは小さく震えた。冷えた身体のせいか、それともほかの理由か、自分でもよくわからなかった。

2

ウマ娘とは結局のところ、いかなる生物なのか。

全力での走行速度は最大時速七〇キロメートルにも及び、その走りを支えるための筋肉や心肺機能も、通常のヒトとは大きく異なる。

まさしく、走るために生まれてきた存在。

その肉体に宿る謎と驚異は、未だ詳らかにはされていない。

なぜ、ウマ娘が生まれたのか。

どうして彼女らは走るのか。どこまで速くなれるのか。

そして――その先にあるものは？


（知りたい）


いつからその疑問を抱き、答えを追い求め始めたのか、タキオン自身も憶えてはいない。

気づいた時には命題はそこに在り、タキオンは走っていた。

渇望のような、執着のような、絶えることのない烈しい情熱で、ただひとつの問いかけをずっと繰り返している。


（私たちは、どこまでいける？）


限界を超えた、さらにその先。

自分たち、ウマ娘の肉体がもつ可能性の果て。

（私は、どこまで走れる――!?）


重く水を含んだ芝が、蹄鉄の下でばしゃりと飛沫を跳ね上げた。

ぬかるみのように濡れて滑るターフの上を、白い体操服に身を包んだ八人のウマ娘が駆けていく。

直前の雨を受けての不良バ場発表だが、全体のペースはかなり速い。満場の歓声を受けながら、バ群は第2コーナーから第3コーナーへ進んでいく。

三月初旬、中山レース場。

皐月賞の前哨戦である弥生賞の会場には、ここから始まるクラシック三冠への期待と興奮が満ち満ちていた。

ウマ娘ファンたち、関係者たち。ライバルであるウマ娘たちも今日はこぞって、それぞれの陣営とともに観戦している。

熱い視線が見つめるのは、いまは先頭から3番手ほどの位置につけ、悠然と走っていく紅い瞳のウマ娘――

『レースを引っ張るのはコグマクラリス、2番手にウマレナガラノ、その後からアグネスタキオンがぴったりとついていきます』

縦に長く伸びたレース展開。4番手以降のウマ娘は先頭から距離を空けられ、じりじりと置き去られつつあった。

その遅れ行く後方の一群に、漆黒の髪をなびかせて走るカフェの姿もある。

踵を下ろすたびにいやな音を立てて水を飛ばす芝の感触に、タキオンは内心かすかに嘆息をつく。

(カフェは――、ついては来られない、か)

直前の練習でも、体調が回復しているようには見えなかった。体重も大きく減らしてしまった身体には、この不良バ場は厳しいだろう。

もちろんタキオンにとっても、このレース条件は決して楽なものではない。油断すれば濡れた芝に脚を滑らせ、転倒だってあり得る。

視線をあげ、行手の状況を見通す。

苛酷すぎるレース環境をもたらした雨雲は、いまは速いペースで流れ去りつつある。

わずかに覗いた空から、遅い午後の日ざしがほの白く差し込んでいた。

第4コーナーを回って、バ群が少しずつ前方に距離を詰めていく。

ゴール地点が見えてくる。

その正面、観客席で待ち構えていた人々が、近づくラストスパートの予感に一斉に声をあげた。

あの中には、間違いなくいる。

最強を目指すと豪語した同期。

タキオンに叩きつけた挑戦状がどれほどの効果を発揮したか、己が目で確かめてやろうと、観客席で見つめているに違いない。

紅い瞳を薄く細めて、タキオンは爪先に力をこめた。


(実証実験としての〝プランA〟――スタート)


グン、と景色が加速する。

ひと脚ごとに速度はあがり、先行する走者との距離は縮まり、あっと言う間に二人を抜き去って先頭に立つ。

思考よりも速く動く自分の脚に、身体にぶつかる冷たい風の質量に、自然と笑みが口元に滲んだ。

重く滑るバ場の状態など、ものともしない。

追い抜いた走者たちが、ぐんぐん背後に遠ざかっていく。

『アグネスタキオン先頭に立った！　直線に入ってさらに速度を増して、後続を大きく引き離していきます――！』


もっと速くと、ウマ娘の本能が叫ぶ。

倒すべき敵がいるほどに強くなるのは、ポッケだけではない。

タキオン自身が強烈に、その本能を知っている。

挑戦したつもりで挑発に乗せられた同期は、いまのタキオンを見たそのあとに、どんな走りを見せてくれるだろう。

そして、その強烈な視線を背中に受けつつ走る自分は、どこまで到達できるだろう。

この肉体で到達し得る限界速度。

ウマ娘の身体に眠る可能性の、その果て。

未だかつて誰も到達したことがない、見たことのない世界――


（その境界を、私は超える！　私自身の、この脚で!!）


ゴールは目前。

後続がまるでついてきていないことを認識しつつも、タキオンの脚は止まらない。

さらに加速しながら、濡れて重い芝を蹴りつけた。

飛ぶように宙を疾る左脚が、ドッと強く、地を踏みしめ――

――刹那。

周囲の現実が唐突に消え失せ、タキオンはその光景を視た。

静寂と化した世界で、ぴきり、と何かが軋む。

風になびく、ゆるい白衣の勝負服。その裾から伸びた左脚が、ガラスのように冷たく透けて、足元の芝の緑を映していた。

ぴきり、ぱきりと、ガラスの脚に亀裂が走っていく。

その感触を、痛みを確かに感じていながら、タキオンの走りは止まらない。

一歩ごとに亀裂は拡がり――ついに音を立てて砕け散る。

バランスを失ったタキオンの身体は、勢いのまま半回転して、仰向けに芝へと倒れ込んだ。

見開いた瞳いっぱいに拡がったのは、青い青い皐月の空――

(あぁ……、皐月賞まで、か)

それは、ほんの数か月先にきっと訪れる、未来の自分の姿。

2着以下に圧倒的な差をつけて、弥生賞のゴールを駆け抜けたタキオンの姿に、観客も実況も興奮の叫びをあげていた。

『アグネスタキオン！　アグネスタキオン今回も楽勝！　後続を全く寄せつけることなく、圧倒的な脚を見せつけました――!!』

バ場の不良など、まったく関係ない。

悠然とレースを楽しんですらいるような走りで、無敗の一番人気ウマ娘は、完全勝利をおさめた。

ずっと遅れてゴールにたどりついたカフェは、激しく息を荒らげながらその場にうずくまっていた。

身体が動かない。

ゴールの直前、遠く見えた風景が、脳裏に灼きついて離れない。

（『お友だち』が……、タキオンさんに……）

喘ぎ喘ぎ走るしかなかったカフェのはるか先を、いつものように走っていた『お友だち』の漆黒の後ろ姿。

そこにタキオンは、暴風のように迫っていったのだ。

心臓が凍りつくような思いがした。

圧倒的な脚で『お友だち』に迫ったタキオンは、その背中のすぐ後ろまで到達し、ぐいぐいと近づいて――

「……ッ……！」

わななく両手を、カフェは強く胸に押しつけた。

ギリギリでタキオンはゴールし、その瞬間『お友だち』の姿もかき消えた。

まだ、追いついてはいないのかもしれない。

けれど、はるか後方にいたカフェからは、その事実すらはっきり確認することも叶わなかった。

（私より、先に……、タキオンさんが……――）

まだ整わない息を嚙みしめ、カフェは肩を震わせ続けた。

C

怒濤のような歓声は止まらず、実況アナウンサーと解説者は今後のクラシックについて熱く語り続けている。

『これは本当にすごいウマ娘が現れましたね。三冠ウマ娘も完全に射程圏内に入ってきましたよ。いやぁ、今後が実に楽しみです』

『まずは来月の皐月賞ですか。大きな期待が寄せられていますアグネスタキオン、勝利した横顔も非常にクールです』

　評される声のとおり、大歓声を一身に浴びていても、タキオンの顔には特段の感情は浮かんでいなかった。

　軽く身を屈め、自らの左脚へ触れる。

　幻視した光景と違って、血の通うあたたかい皮膚の感触が、まだそこにあった。

　身を起こし、空を仰いだ紅い瞳は、凪いだように静かだった。

「〝プランB〟……、……うん。それはそれで、悪くはない」

　雨上がりの夕空に、差し込む陽光が天使の梯子をかけていた。

3

　桜が咲き始める頃には、皐月賞に出走する顔触れも出揃う。

春の匂いを漂わせ始めた風の中、クラシック級のウマ娘たちは決戦の日に向けて、調整に余念がない。

一生に一度、たった一回きりのチャンスというプレッシャー。

さらに皐月賞が終わった後には、すべてのウマ娘にとっての花道とも言える、日本ダービーも待ち受けている。

プレッシャーからか、トレーニング中でも表情をかたくして挑むウマ娘も少なくない中——


「うぉぉぉぉぉっ！　いくぜもう一本全力スパートだぁぁぁッ!!」


ばかでかい声で吼えながら走ってきたポッケに、黙々と走り込みを続けていたダンツフレームが悲鳴をあげて飛びのいた。

「ぽ、ポッケちゃん……、いきなり叫ぶと、びっくりするって」

「なぁに寝ぼけたこと言ってんだァ!?　てかダンツも気合足りてねーぞ気合ッ！　もっと声出してこーぜッ！」

目の前に立っているのにまったく下がることのない声量に、ダンツは耳を押さえながら、唇を小さくとがらせた。

「気合なら、入ってるもん、わたしだって。ポッケちゃんみたいにおっきな声で騒いだりしないだけ」

「悪かったな声デカくって。まぁ、だったらいいけどよ」

　意味もなく固めた右手の拳（こぶし）を、左手の掌（てのひら）にばしばしと打ちつけながら、ポッケはありあまるテンションをみなぎらせて笑う。

「お前も見てただろ？　弥生賞のタキオン。俺、あれからマジで気合入ったっつーかさ。皐月賞、本気でいかねーと潰（つぶ）されンなって」

「……そうだね」

「あいつ、クッソむかつくワケわっかんねーヘンなヤローだけど、走りだけはマジ、ホンモノだ」

　思い返す瞳（ひとみ）のポッケに、ダンツもわずかに唇をひきしめる。

　後続をものともせず、圧倒的な力の差を示してゴールを通過していったタキオンの姿は、ダンツの記憶にもくっきりと灼きついている。

　感じたのは、驚きや対抗心よりも、純粋な恐れ。

　あれほどの脚を前にして、自分はどこまで戦えるのだろう——

「あれでなきゃ、倒しがいがねえってモンだよな」

　ポッケは笑っていた。

瞳には真剣な光を宿しながら、唇は挑発的な笑みを刻んでいる。

「……うん。そうだね」

ごくりと息を呑み込んだダンツは、同じ言葉でもう一度、頷いた。

（……わたしだって）

そう、戦いはまだ始まったばかり。

わたしだって、クラシックに挑むウマ娘だ。


賑やかに声をあげながら、競い合って走り込みを続けているポッケとダンツ。

グラウンド脇のベンチに座り、タナベはそのさまを見守っていた。

背後に軽やかな足音が近づいてくる。振り返って確認しなくても、その脚運びで相手が誰なのか、タナベにはもうわかっていた。

「どう？　ポッケは」

短い問いかけとともに、水筒を差し出してくるフジキセキ。中身はおそらく、ポッケのために作られたお手製レモネードのおすそ分けだろう。

ありがたく受け取り、春風に渇いた喉を潤しながら、タナベはうむと頷いた。

「悪くないぞい。走りはまだちと粗いが、あの末脚は天性のものじゃな。レースを重ねて勝負勘が養われていけば、いいところで爆発できるようになる」

「ナベさんのお眼鏡に適ったんなら、ホンモノだね」

「ただ負けん気が強い分、ライバルがおらんと、ちとたるみがちになる。手抜きとまでは言わんが、気が散るというか。タキオンのような強い同期がいたのは、あいつにとっては幸いかもしれんなぁ」

「モチベーションになる？」

「あぁ。競い合って強くなっていけば、皐月賞……、その先も――」

声が途切れた。

その先に続く言葉が何なのか、フジキセキはもちろん知っている。

春の明るい日ざしの中、テンション高くはしゃいだポッケが、負けん気いっぱいでダンツと元気に競い合っている。

「おまえがあいつを連れて来た時には、何をいまさら……と思ったがな。もう何年も現場を離れていたワシに、もう一度、新人の育成なんて」

「……ごめんね。でも、私には……、ナベさん以上のトレーナーは思いつかなかったんだ」

「何を言いおる。ワシは結局、おまえのことを……――」

目を伏せてしまったタナベに、フジキセキもまた、かける言葉をもたない。

沈黙してグラウンドを眺める二人の上に、この春に入学した新入生たちが河川敷の方へランニングに出て行く掛け声だけが、遠く響く。

「あぁぁぁッ！　ナベさんだけドリンク飲んでる！　ずりィぞ〜ッ！」

ふいに、底抜けに明るい大声が飛んできた。

猛然とこちらに駆け寄ってきたポッケが、シッポをブンブン振り回しながらフジキセキに訴える。

「姐さん姐さんッ、俺の分は!?」

「ちゃんと用意してあるよ。はちみつレモネード、氷も入れてね」

「いやったぁっ！」

フジキセキが掲げた水筒に、飛びつくポッケ。

それを遮るように立ち上がったタナベは、断固とした声で宣言する。

「ラストもう一本！　休憩はそのあとじゃい！」

「えええええーっ！　そーゆー根性論はもう古いんだってナベさぁん！」

「やかましい！　年寄り扱いするな！」

同じレベルで口ゲンカを始めたポッケとタナベに、フジキセキは肩をすくめて笑っていた。

4

　一日の最後を多摩川土手のランニングで締めて、学生寮まで続く夕焼けの道を、ポッケとフジキセキは歩いていく。

　川沿いはずっと先まで、桜並木が続いていた。満開を少し過ぎて散り始めた花びらが、オレンジ色の光の中をちらちらと舞う。

　意味もなく花びらを追いかけては、掌に捕らえてみせるポッケ。成功したぜ、と無邪気に笑う横顔に、フジキセキも思わず目を細めた。

「上手だねぇ、ポッケ。いいことありそう」

「へへっ。いいコトって、何すか?」

「おまじないだよ。桜の花びらが地面に落ちる前に捕まえることができたら、願いが叶うんだって」

　誰に聞いたのかも忘れた、他愛のないまじないだが、ポッケは本気でびっくりしたように大きな瞳を瞬いている。

「皐月賞、これで勝てるよ。きっと」

「きっとじゃなくて絶対っすよ！　それに、おまじないなんかなくたって俺は実力で勝つッ！　最強のウマ娘に、俺はなるんすから！」

胸をはって宣言したポッケは、花びらを載せた掌をフジキセキに差し出した。

きょとんと見返すフジキセキに、少し照れたように笑う。

「俺には必要ないんで。姐さん、どうぞ」

「……私に？」

「なんかお願い、叶うといいっすね！」

花びらをフジキセキに託して、ポッケは頭の後ろで両手を組んだ。ひらひらと花弁を散らす桜の下を、鼻歌まじりに歩いていく。

重さもまるでないような、ほの白い花弁を手に載せて、フジキセキは足を止めた。


願いなら、ある。

ずっと胸に抱えてきた、どうしても叶えたい、ただひとつの——


「……ポッケ」

呼びかけた声は、自分でも一瞬驚いたぐらい真剣だった。

頭の後ろで組んだ手もそのままに、ポッケが振り返る。そこにあった表情の真摯さに、ポッケの顔からも笑みが消える。

手を下ろすポッケを見つめて、フジキセキは言った。

「ナベさんを、日本ダービーに連れて行ってくれないか」

「――ッ」

ポッケがハッと、息を呑む。

小さく頷き、フジキセキはかすかに切なく、瞳をほころばせた。

「私には、できなかったことだから」

東京優駿・日本ダービー。東京レース場、芝二四〇〇メートル。

一生涯に一度しか挑戦を許されないクラシック三冠レースの中でも、日本ダービーはとりわけ別格の存在であり、このレースでの勝利は、ウマ娘にとって最高の栄誉とされている。

トゥインクル・シリーズの最高峰。

ウマ娘に関係するすべての者が憧れる、夢の舞台。

世代の頂点を極めたウマ娘だけがつかむことのできる、至上の栄冠――

まっすぐに見つめるフジキセキの瞳を前に、ポッケは呆然と立ち尽くす。

日本ダービーの名は、もちろんポッケだって知っている。

クラシック三冠を制覇し、最強のウマ娘の座をつかむつもりでいるのだ。当然、日本ダービーだって獲らなければ〝最強〟にはなれない。

けれど、それをフジキセキの口から言われることには、格別の重みがあった。


フジキセキは日本ダービーを走っていない。

ポッケが観戦し、感動のあまりトゥインクル・シリーズ行きを決意したあの弥生賞が、フジキセキがクラシック級で最後につかんだ勝利だった。

弥生賞のあと――、ちょうどいまのポッケのように、皐月賞を目指してトレーニングを続けていたフジキセキを、それが襲ったのだ。

左脚の突然の故障。

その程度は重く、フジキセキは皐月賞はおろか、クラシック三冠すべてに出走することができなかった。

そのままウマ娘としては第一線を退いた状態で、いまはタナベの補佐としてコーチング技術を学びつつ、学生寮の寮長としてトレセン学園に在籍している。

(正直……、俺だって、悔しかった)

フリースタイル・レースからトゥインクル・シリーズに転向したポッケが、ようやくトレセン学園にやって来た時には、フジキセキはすでにレースへの出走をやめてしまっていたのだ。

あんなふうになりたいと、一緒に走ってみたいと——ポッケを撃ち抜いたあの走りは、もう見られない。

だから、せめて。

フジキセキを鍛えたタナベのもとで、その後に続きたかった。

たった四戦しか走れなかったフジキセキが全勝で通した道を、自分がつなげていくのだと——

その夢は、タキオンによってすでに破られてはしまったが。

(俺も、あの日の姐さんみたいな最強の走りをして、勝ちたい……‼)


「ずっと、悔やんでいたんだ」

散りゆく桜の下で、フジキセキは淡い笑みを浮かべていた。

たくさんもがいて傷ついた過去を封じ込めて、そうすることがとっくに当たり前になってしまった、ひどく穏やかな笑みだった。

けれど。

凪いだ湖水の瞳はその水底に、消し去ることのできない深い底流をひそめている。

「あれだけ期待されていたのに、私は……、道を、途切れさせてしまった。私を見出して、ずっと信じて応援してくれたナベさんを、ダービートレーナーにしてあげられなかった」

「…………」

「でも、君なら、きっと」

言葉を返せず立ち尽くしたままのポッケに、フジキセキが告げる。

まっすぐに、託すまなざしで。

「ポッケ。私たちの夢を、叶えてくれないか」


ざあっと夕風が吹いて、桜が揺れた。

いっぱいの花びらが二人の間をひらひらと、踊りながら落ちていく。

風の中、ポッケは拳をぎゅうっと握りしめた。

胸の内を一瞬だけよぎったのは、どうしようもない寂しさだった。

フジキセキは、ポッケに託した。

自分の脚で叶えるはずだった、最高の夢を。

(姐さんが、俺と一緒に走ることは……、もう、絶対にない)

悔しい。

けれど、同時に――託されたその重みに、身体が震える。

あのフジキセキが。あの日、最高に憧れたウマ娘が、自分に本気で託そうとしてくれている。

トゥインクル・シリーズのウマ娘なら誰もが憧れる、最高の夢を。

「任せて下さい、姐さん」

やるべきことは変わらない。

この先のすべてに勝って、最強のウマ娘になる。

「絶対、姐さんとナベさんの夢、叶えてみせるっすよ！」

ただそこに、負けられない理由ができた、それだけだ。

夜のグラウンドは空が広い。

トレセン学園の生徒たちはとっくに帰宅し、完全に無人になった芝の上を、満月に近い月が白く照らしている。

校舎の周辺には夜間照明が並んでいるが、その光もここまでは届かない。

月明かりだけが頼りの闇の中、ストレッチを終えたタキオンが立ち上がる。

練習コースの起点で、ゆっくりとスタートの姿勢をとった。ジャージから伸びたシッポが、夜風にゆらりと揺れる。

前触れなくいきなり地を蹴(け)って、タキオンはコースへ飛び出した。

伸びやかな脚を存分に使い、飛ぶように駆ける身体は、ほとんど一瞬でトップスピードに達する。

正面だけ見据えたタキオンの視界の端で、夜間照明の列が煌(きら)めく線となって流れていく。

虚空を翔(か)けゆく、無数の光の矢。

――その煌めきのずっとずっと先に、求めるすべてがある。

(タキオン。それは常に光速より速く移動すると言われる、仮想の粒子)

己(おの)が魂に与えられたその名前。

仮初の存在であったとしても、それは物理法則さえ超えて、疾(か)ける。

その輝きを目撃した時――、彼女らは何を見出すだろう?

（仮想でも、示しておくべきだろう）


左脚が、地を蹴る。

すべての感情を流し去った紅い瞳が、正面を見据えて爛と輝く。

ドッと強い揺らぎと音を残して、風が後方へ吹き飛ぶ。

まだだ。

まだ、足りない。

呼吸がうわずる。胸が痛んだ。限界を超えようとする走りに肉体が訴えるアラートをすべて無視して、タキオンは走り続けた。


（狂気が生み出す残光を——!!）

——その後には、なにも残らなかったとしても。

5

桜は散り、若葉が木々を覆う四月の半ば。

中山レース場に続々と吸い込まれていく数万の観客たちは一様に、ただ一人のウマ娘の名を語り合っていた。

「誰が勝つか」は、すでに話題の焦点ではない。

過去三戦で見せたその脚が、今世代のトップを決定づけた。だから今日、この中山で見るべきは、彼女が「どう勝つか」。

皐月賞は通過点にすぎない。

本命は日本ダービー、そしてクラシック三冠。

『超光速の粒子』アグネスタキオンの伝説はここから始まるのだと、沸き立つような興奮が会場に満ち満ちている。


「タキオンタキオン……、どいつもこいつもそればっかかよ。ふざけやがって」

今日も朝イチで観客席の最前列に立ったポッケの親友たち、ルー、シマ、メイのフリースタイルのウマ娘たちは、会場の雰囲気にたいそう不満顔だった。

舌打ちしてぼやくルーに、メイが嘆息まじりに肩をすくめる。

「ま、派手な勝ち方するヤツに注目が集まるのはしゃーねぇわ。アイツら全然わかっちゃねーかんな。今日の皐月賞でやっと気づくはずさ。真のヒーローってのは、後から遅れてやってくる……ッてことがよ……」

「おぉぉ……、メイさん、カッコいいっス……！」

ターフには、まだ誰も姿を現してはいない。

けれど三人には、日ざしに輝く緑の芝生の上、同じ色の瞳を輝かせてゴールを走り抜けるポッケの姿が、ありありと見えるようだった。

「ポッケさんなら、絶対！　リベンジ決めてくれるっスからね!!」

テンション高く盛り上がっている三人組から、少し離れて。

タナベとともに観客席に下りてきたフジキセキは、近い位置に佇む漆黒の人影を認めて、口元をゆるめた。

「カフェじゃないか。君も観戦に来たんだね」

「フジさん……」

長い黒髪を揺らめかせて、カフェがかすかに頭を下げる。覗いた頬は青白く、痛々しいほどに痩せていた。

「出走は……、できませんでしたけど……。タキオンさんの走りは、やっぱり……、見ておこうかな……と……」

「そうか。……残念だったね、春のシーズンは」

カフェが体調不良を理由に、クラシックを含めた春シーズンのすべてのレース出走を断念したという話は、フジキセキも聞いていた。

無理をおして出走したところで結果がついてこないのはもちろん、故障にもつながりかねない。夏までゆっくり養生して、秋以降の本格参戦を目指す。

「秋には、しっかり戻ってきます……」

淡い黄水晶(シトリン)の瞳は、思いのほかしっかりとした力をたたえて、まっすぐフジキセキを見返していた。

おや、とフジキセキは内心に瞬く。

落ち込んでいるのかと思いきや、状況をじっくり見据えて時を待つ、粘り強い胆力があるようだ。

「君はもともと長距離向きにも見えるし、菊花賞に向けて復帰する方が、かえっていい結果になるかもしれないね」

クラシック三冠の最後を飾る秋の菊花賞はそれまでとは異なり、三〇〇〇メートルもの距離を走る長丁場だ。「もっとも強いウマ娘が勝つ」と評されるとおり、体力・気力の充実したウマ娘でなければ勝ち切れない、難しいレースである。

「……はい」

静かに、だがしっかりと頷(うなず)いたカフェの姿に、フジキセキは目を細めた。

決してタキオンだけではない。

ポッケの同期はなかなかに、強敵ぞろいのようだ。


出走の時を告げるファンファーレ。

九万人近い観客が一斉にあげた歓声に、会場がドッと揺れる。

『速くなければ戦えない。強くなければ超えられない。そして、この大歓声に応えなければ、勝つ資格はない――！』

実況アナウンサリーの煽る声に、ダンツはぐっと息を詰め、芝の上を歩き始めた。

目の前には、同様にゲートへ向かっていく同期たちの姿がある。

『ヒーローの条件を満たすウマ娘は、果たして！』

みんな、この日のために走り続けてきた。

けれどヒーローになれるのは、先頭に立ったたった独りだけ。

（……わたしだって）

緊張に爆発しそうな胸を押さえて、顔をあげる。

視界の先には、最内のゲートへ堂々と歩いていくポッケの姿があった。

1番、最内枠のゲートにポッケは立つ。

コースの内側を走りやすい分、距離のロスが少ない有利な枠だ。

あとはただ、全力で走るのみ！


『ポッケ。私たちの夢を、叶えてくれないか』


観客席にいるだろう、陣営の方を見やる。

距離もあってはっきりとはわからない。けれど、信頼して見守ってくれているフジキセキとタナベの表情が、ありありと伝わってきたような気がした。

任せてくれよ、と小さく呟く。

早くも軽く身構え、スタートダッシュのイメージを脳裏に浮かべる。

ここから、本当の意味での勝負が始まるのだ。

一生一度の大勝負、クラシック三冠第一戦。皐月賞。

フジキセキが叶えられなかった夢を、自分の手でつなぐために。

（絶対に、獲る!!）

『さぁスタート地点、タキオンがちょっと立ち止まりました！』

実況の声とともに、観客からもどよめきがあがった。

反射的に、ポッケは振り返ってしまった。

タキオンがいた。

自分が収まるべきゲートの前に立ち止まって、タキオンは目を閉じていた。

表情はいつもどおり無に近い静けさで、何を考えているのかはわからない。

それでも、ぞくりと——何かが背筋を伝わるのを、ポッケは感じた。

かすかに震える指先を、ぐっと握って押し止める。

（見てろよ。俺が、勝つところを。——タキオン）

世代最強は、俺がつかむ。

背後でゲートが閉ざされる。

目を閉じたまま、タキオンはその音を聴いた。

（灼きつけろ。その魂に、残光の輝きを）

発走まであと数秒。
ゆっくりと、瞼を開く。
現れた紅い両眼には、炯々とした輝きが宿っている。
(燃え尽きた骸から、新たな可能性を呼び覚ませ……!)

十八人のウマ娘が、枠内に居並ぶ。
全員が正面を見据えて、スタートの姿勢をとる。
『伝説の始まりを一瞬たりとも見逃すな！　皐月賞、ゲートが開きました！』
ドッと地を轟かせ、全員が一斉に飛び出していく。
ポッケも地を強く蹴りつけ、目の前に広がる芝の上へ踏み出した。
ふいに、ガクッと足元がのめった。
(——!?)
時間にして、ほんの数秒。
転んだりひねったりしたわけではない。どこも痛めてはいない。ただ一瞬、つまずきかけて、よろめいただけ。

だが、その一瞬のよろめきが、決定的な差をつけた。

崩れかけた体勢を引き戻し、前を追って走り出すポッケ。その時には先頭集団はすでに列をなし、最初のコーナーへと向かっていくところだった。

『おっと最内枠でジャングルポケット、ちょっとスタートで難がありましたか。後方遅れてのスタートです！』

舌打ちしたい心境で、ポッケは必死に前を追う。

完全に出端(ではな)をくじかれた。

ペースの乱れを自覚し、焦りそうになる脚をこらえて、ポッケは走った。

（くそっ……！　しっかりしろよ、俺!!）


とりあえず、ケガをしたわけではなさそうだ。

後方から懸命に走っていくポッケの姿を食い入るように見つめ、タナベは内心、冷汗を拭(ぬぐ)う思いだった。

隣で固まっていたフジキセキも、ようやく長い息を吐き出した。

「ちょっと、焦っちゃったのかな……」

「あやつの闘志が裏目に出たか。大舞台で少し、逸り過ぎとるのかもしれん」

コーナーを回ったバ群は、向こう正面の直線へと入っていく。

タキオンは中団。ペースをしっかり保って、先頭まではおよそ6バ身といったところか。憎いほど冷静なレース展開だ。

遅れて後方集団に、ダンツが真剣な横顔を見せて走っていく。

ポッケはその外側に遅れてつけている。唇をぎゅっと引き結んで、出だしの自分のミスを強く悔いている表情が見て取れた。

自分も自然と唇を噛みしめながら、フジキセキは祈るように見つめる。

(落ち着いて、ポッケ。君の脚なら、必ず届くから……!)


中山レース場の直線は短い。

向こう正面を抜け、第3コーナーを回る頃から、最後の競り合いに向けてペースは一気にあがっていく。

縦に列を成していたバ群が次第に縮まり、後方の集団が追いついてきた。

その中心に、タキオンがいる。

表情は変わることなく、自分のペースを保ったまま——

『アグネスタキオンがゆっくりと動き出した。3、4コーナーの中間に向かって、各ウマ娘がひとかたまりになっていきます！』

ここで遅れては、もう取り返しはつかない。

いつもよりも少し早い仕掛けであることは、ポッケも自覚していた。

けれどいまはそうする以外、道はない。

（このまま、行かせるかよ……！）

ポッケは大きく呼吸して、地を蹴った。

タキオンの背中を睨み据え、じりじりと距離を詰めていく。

逃がしはしない。

『外からジャングルポケットもじわっじわっと差を詰めていく！　六〇〇の標識を通過、第3コーナーのカーブ！』

最強は、俺だ。

先頭へ向け上がっていくタキオンと追いすがっていくポッケの姿に、大歓声が降り注ぐ。

『さあここでジャングルとアグネスの一騎打ちになるのでしょうか！　直線コースに

向かってまいりました！』

近づく気配を、タキオンも感じていた。

予想通りの展開。

最初につまずきはしたようだが、折れることなく、遅れもものともせず、やはり彼女はあがってきた。

そのすぐ後方には、前に出ようとひたすら実直に走り続けている、もう一人の同期の気配もある。

ああ、やはり。

彼女たちこそ、最高の観察対象（モルモット）だ。

（――ならば）

最後のコーナーを回って、直線。

まっすぐに延びる道を見据えて、タキオンは紅い瞳（ひとみ）を見開いた。

◯

ぞくりと、強烈な悪寒。

カフェは思わず、我が身に腕を回して抱きしめた。

数人おいた先の席では、フジキセキもカフェと同じような表情を浮かべて、食い入るようにタキオンを見つめていた。

何を感じたのか、その正体が何なのかは、わからない。

ただ、目が離せない。

胸の内に潜むなにかが、「見ろ」と叫んでいる。

一瞬たりとも目を離さず、見届けろと訴えている。

（タキオン、さん……!?）

干上がった喉に唾を呑み込んで、カフェは目を見開いた。


タキオンがバ群から飛び出していった瞬間、空気が変わった。

場内の大歓声も、青く広がっていた春の空も、緑の優しい芝の色も——すべてが、消失した。

無限に広がる、果てなき境界。

その中心を、ただひとつの影が貫いていく。

あるいは、光。

光速を超えた粒子とも呼ばれるウマ娘の光が、一直線に伸びていく。

その喜々たる、——鬼気たる姿。

(追いつけない)

息を荒らげて走り続けるポッケの傍らに、追いついてきたダンツが並んでいた。互いに先を競い、一歩でも前に出ようと懸命に脚を進める。

けれど——そんな二人の競り合いなどはるか彼方に置き捨てて、タキオンはただひとり、往く。

軽々と。

易々と。

息を乱し、喘ぎ、限界まで振り絞って脚を動かす自分たちを嘲笑うかのように、タキオンとの距離は離れていく。

(追いつけない……!!)

ポッケの表情が歪む。

負けたくない。負けられない。

フジキセキから想いを託された。

約束したのだ。

(あいつに勝つんだろ……!?　最強になるんだろ!?)

叫ぶ心と裏腹に、どれだけ走っても差は縮むどころか、さらに拡がっていくばかりだった。

遠ざかり、小さくなっていくタキオンの背中。

はるかに去ってゆく、煌(きら)めくようなその姿へ向かって、ポッケは吼(ほ)えた。

(タキオン——!!)


ゴール板の前を、ドッと疾風が駆け抜けた。

先頭で走り抜けたタキオンの姿に会場は大揺れに揺れ、実況の絶叫が響きわたる。

『アグネス、アグネス、大丈夫! アグネスタキオン先頭ゴールイン! ダンツフレーム2着! ジャングルポケット3着!』

掲示された着順に、ポッケの仲間たちが悔しく顔を伏せる。

タキオンが勝った。

予想どおりのものを予想どおり見られた満足感に、観客は沸き立っている。

喧噪(けんそう)の中、カフェも、フジキセキも、未(いま)だ動けずにいた。

そう、蓋(ふた)をあけてみれば何ということもない、予想どおりの展開ではあった。

(でも……、何だろう。この、胸騒ぎ……)

つい先ほどのタキオンの走りを思い返すと、それだけでフジキセキの背筋にはまた、ぞくりと震えが走る。

　ざわめく胸元を押さえながら、フジキセキはターフを見やった。

『中山二〇〇〇メートル、まずは道を繋(つな)ぎました！　アグネスタキオンまず一冠！　勝ちタイムは二分零秒三――！』

　すでに息も整ったのか、勝ったタキオンは格段の喜びも見せることなく、ごく淡々とした足取りでターフを去ろうとしていた。

　その背後で、まだ苦しげに膝(ひざ)に両手をついたポッケが、なにかタキオンに呼びかけた。名前を呼んだのか、あるいは声にもならない呻(うめ)きだったのかもしれない。

　タキオンは顧みることなく、去っていく。

　ポッケはそのまま顔を伏せ、苦しげに肩で息をついた。

　そっと視線を外して、フジキセキは空を仰ぐ。

　歓声のこだまする空は、うっすらと暮れかけてなお、青かった。

PHASE: 3

1

また、勝てなかった。


ポッケの気分と裏腹に、空は底抜けに明るい五月晴れだった。

昼休みの学園内には、友人どうしの賑(にぎ)やかな笑い声がさかんに響いている。その喧噪を遠く聞きながら、早々に昼食を終えたジャングルポケットはひとり、グラウンドを走っていた。

時間も距離も特に定めてはいない。自主練習とは名ばかりの、ただ単に身体を動かしているだけの時間。

いまは頭をからっぽにして、がむしゃらに走っていたい。少しでも前に進んでいるという感覚だけが欲しい。

じっとしていると、どうしたって思い出してしまうのだ。皐月賞のゴール前、一直線に走り抜けていったアグネスタキオンの姿を。

（……勝てなかった）

最初の一戦、ホープフルステークスの時は、純粋に衝撃を受けた。

さすがトゥインクル・シリーズ、俺より速いヤツもいるんだなと——負けた悔しさはもちろんあったが、次こそ勝つという想いはむしろ強まった。

けれど。皐月賞のタキオンの、あの走りは。

（まるっきり、届かなかった。完敗だ）

悔しい。

自分で自分が許せなかった。スタートでつまずいたこともそうだし、自分の走りを発揮できなかった未熟さに何より腹が立った。

もっとうまく走れたし、勝ち目だってあったはずだ。

「ちっくしょぉッ……！　見てやがれッ、タキオン……！」

高く青い空へ向かって、ポッケは吼える。

皐月賞は終わっても、クラシック戦線は続く。すべてのウマ娘にとっての花道、日本ダービーがあと一か月後にまで迫っているのだ。

ダービーウマ娘こそ、絶対に譲れない。

今度こそタキオンに勝ってみせる。いつでも余裕綽々でこちらを見下ろしている紅い瞳（ひとみ）を、驚きと動揺で揺るがせてやる。
そうでなければ——自ら乗り込んでいってまでタンカを切った自分が、あまりにもカッコ悪すぎるではないか。

昼休みの終わりを告げるチャイムが鳴り始めても、ポッケはグラウンドをひたすら走り続けていた。

○

初夏の匂いを漂わせ始めた風が、窓辺のカーテンを穏やかに揺らす。

爽（さわ）やかに室内を通っていく空気とは裏腹に、多摩川沿いのタナベの部室にはどことなく重い沈黙が漂っていた。

ちゃぶ台にノートを広げて今後のトレーニング計画をしたためているタナベの横で、フジキセキは先ほどからずっとノートPCの動画を眺めている。

冷めきった煎茶（せんちゃ）を一口すすり、タナベは嘆息した。

「ポッケはまた遅刻か？　どうせそこらじゅう走り回って時間を忘れておるんじゃろうが……、まったく困ったヤツじゃ。負けるたびにこれではのう」

闘争心が強く、パッとテンションをあげて猛進できるのはポッケの強みではあるが、逆境になるとたちまち、指を離れた風船のように空へ迷い飛んでしまう。

よく言えば、純粋。

悪く言うなら、まだ幼い。

「精神面をもっと鍛えていかねばな。フジよ、おまえから見て、いまのポッケはどんな具合じゃ？　ホープフルの時ほどは落ち込んでいないようじゃが、いささかムキになりすぎているように思えての――」

返事はない。

タナベの問いかけは耳に届かなかったのか、フジキセキは片肘をちゃぶ台についた姿勢のまま、目の前の画面を見つめ続けている。

再生窓の中では白衣をなびかせた栗毛のウマ娘が、いままさにゴール板を越えようとしているところだった。

「皐月賞のタキオンか」

「――あ、あぁ、ごめん。つい……、見入っちゃって」

ようやく気づいた顔で、フジキセキが振り返る。

ループ再生に設定された動画は、レースを冒頭から繰り返す。出だしつまずいたポッケを後方に置いて、バ群は進む。最後のコーナーを曲がるところで、タキオンが一気に仕掛けていく。

追いすがる一同を置き去りに、誰もが届かない末脚を存分にふるい、ただひとりのゴールへと――

「まるで、見せつけているみたいだ」

何とはなしに、そのまま映像を眺めてしまっていたタナベの耳に、ぽつりと小さな呟き(つぶや)が届く。

「見せつける……、とは、何をじゃ？」

「そのまんま。自分の走りを、ね」

フジキセキの瞳には、コースの真ん中を駆け抜けていく栗色の光が小さく映り込んでいる。

『私を追え』

『この走りについて来られる力が、おまえにあるか』

『見せてみろ』――」

それはあるいは、ウマ娘の瞳にしか読み取れないメッセージなのか。

ウマ娘ならぬ身のタナベからは、ごく当たり前の感想しか出てはこなかった。

「あれだけのウマ娘じゃからのう。そのぐらいの気概は、あっても当然のような気はするが」

「うん……。ただ、彼女の走りは……、何だか……――」

まだどこかぼんやりとした声で動画に見入る傍らで、軽い通知音を立ててスマホが揺れた。

はっと現実に戻ってきたような顔で、フジキセキがスマホを確認する。

「……ッ！　ナベさんッ、これ……！」

血相を変えたフジキセキが突き出した画面に、タナベも息を呑んだ。

通知の送付元は、ニュースサイトの速報――リンクをたどって開いたページには、にわかには信じがたい記事が掲載されていた。

『皐月賞ウマ娘アグネスタキオン、無期限のレース出走休止を発表』

2

記者会見の会場は騒然としていた。

あまりにも唐突な、誰もが予想し得なかった発表。詰めかけた大勢の記者たちは互いに顔を見合わせ、信じられないと瞬き、壇上の人物へと視線を集中する。

動揺する一同とは対照的に、マイクの前に一人座ったウマ娘の紅い瞳には、何の感情も、この状況に対する関心のひとかけらさえ浮かんではいなかった。

「たったいま述べた通りだ。本日をもって私、アグネスタキオンは、今後いっさいのレースへの出走を無期限休止とする」

すでに開示されていた情報ではあったが、改めて本人の口から聴いた記者たちのざわめきは、さらに大きくなっていく。

無期限レース出走休止。

あのアグネスタキオンが。

デビュー以来四戦無敗、そのいずれもが圧倒的な力を示しての勝利。

クラシック三冠も射程圏内、その後もいかなる伝説を築いていくのか、ウマ娘に関わる人々すべてが期待を寄せるあのウマ娘が——

「り……ッ、理由を！　理由を聞かせてください!!」

放たれた質問は、ほとんど悲鳴に近かった。

会場のあちこちから、堰を切ったように声が飛ぶ。

「二冠三冠も確実視されているあなたが、どうして……!?」

「先日の皐月賞は完璧な勝利でした！　いまレースをやめる理由なんて、どこにもないはずです!!」

「まさか、どこかケガを……!?」

固唾を呑んで答えを待つ記者たちを、タキオンは冷めた視線で一瞥した。

目の前に幾重にも配置されたマイクやレコーダーの列を、ひどくつまらないもののように眺めながら、静かに肩をすくめる。

「理由は……まぁ、色々とね。真実は常に複合的なものさ」

「事実上の、引退宣言……、なのでしょうか……?」

おそるおそる投げかけられた質問に、会場全体が凍りつく。

聞きたくない。

決定的なその言葉だけは、どうしても。

会場内の、あるいは生中継を通じてこの会見を見ているすべての人々の、思いを凝縮したような沈黙がおりた。

そしてタキオンは、そのすべてを切って捨てるように答えた。

「それを私に聞いても意味はないね。確定的な未来なんて、誰にも判らないのだから。発表は以上だ」

語るべき言葉はそれで充分だと言いたげに、タキオンが席を立つ。

口々に名前を呼び、引き留めようと声をあげる記者たちを一顧だにせず、タキオンはさっさと会場を出て行ってしまった。

「――ポッケちゃん！　ポッケちゃん、待って……――！」

校舎の廊下を駆けていくポッケの背後から、ダンツフレームの泣きそうな声が追いかけてくる。

振り返る余裕などなく、ポッケはその部屋を目指して突き進んだ。

『理科準備室』

ひっそりと人気のない廊下に、勢いよく引き戸を開ける音が響く。

「……ッ――」

全力疾走に息を乱しながら、ポッケは室内に踏み込み、辺りを見回した。

ランプに照らされた古いソファから、いつものようにカップを手にしたマンハッタンカフェが視線を向けてきた。ポッケが駆けつけてきた理由には見当がついているのだろう、表情に驚きはない。

もう一人の部屋の主は、見当たらなかった。

PCの前のデスクチェアは、空っぽの背もたれをこちらに向けている。

ギラギラと血走った瞳で室内を見回すポッケに、遅れて到着したダンツが必死の声をあげた。

「ポッケちゃんッ、落ち着いて！　いきなりケンカはダメ――、……えっ、……あ、あの……、タキオンちゃん、は……？」

最後の言葉は、一人カップを傾けるカフェに向けた問いかけ。

面会相手の不在に戸惑う二人に、カフェが小さく吐息する。カップをテーブルに置き、何か言いたげに顔をあげたが、

「おや、君たち。私に何か用かい？」


一拍早く、場違いなほど明るい声が割って入った。

びくりと肩を揺らしたポッケが、勢いよく振り返る。

いつもどおり制服の上からゆるく白衣を羽織ったタキオンが、平然と戸口から入って来た。ポッケたちが途中で行き会わなかったということは、廊下の逆方向から来たのだろうか。

渦中の当人が何事もなかったかのように突然現れた驚きに、ポッケもダンツも一瞬、言葉が出ない。

その間にタキオンはすたすたと室内を横切り、紅茶缶を並べた棚の前に立つ。鼻歌でも出そうな軽い調子で、缶のひとつを取り上げた。

「ちょうど今からお茶にしようと思っていたんだが、君たちも一緒にどうだい？　とっておきのルフナがあってね。低地産茶葉は何かと軽く見られがちだが、選び抜かれた品質のものは高地産のウバやヌワラエリヤと比較してもひけはとらない。個性的で素晴らしい茶葉だ。ミルクティにするのが特にお勧めだが——」

「た、タキオンちゃん……。そんなことより……、その、ニュースを……、わたしたちもさっき、聞いて……——」

上機嫌に蘊蓄を語るタキオンを、遮るようにダンツが言う。

ポッケは二人の会話に入ることなく、ポットの準備を始めているタキオンの脚を、食い入るように見つめていた。

壁際のウォーターサーバーへ向かい、ケトルに水を注ぐタキオン。

その足運びを確認して、ポッケは安堵の息を吐き出した。

「……歩けねえほどひどいケガした、ってワケでもなさそうだな」

ポッケの見た限りでは、タキオンの動作は皐月賞以前と比べて、特に変わりはないようだった。

——では、なぜ、無期限レース休止などと？

こみあげる違和感を腹の底にくすぶらせつつ、ポッケはなるべく軽い口調を作ってタキオンに呼びかけた。

「お前さぁ、マジびっくりさせんなって。詳しいことはわかんねーけどさ、どっか悪いトコあるってんなら、さっさと治して戻って来いよ？　こっちだっていつまでもお前に借りを作ったままじゃ、寝覚めが――」

「会見でも言ったけど、レースに復帰するつもりはないよ」

明日の天気でも告げるような、ごくあっさりした口調でタキオンは答えた。

ポッケもダンツも、今度こそ声を失う。ソファから見ていたカフェまでもが、かすかに息を呑んだ。

こわばった沈黙が満ちた部屋で、タキオンだけが平然と、ケトルを五徳にかけてガス火をつけた。

整然と輪を描く青い炎が、小さな音を立てて呼吸し始める。

「これまでの計画を見直した結果、これ以上私自身が走り続ける意味はないと判断した。今後はより効率的に成果を得られる研究へと移行していく。時間は有限だからね、ムダなことに費やしている暇はない」

「ムダな、こと……!?」

さっと顔を青ざめさせたダンツが、震える声をもらす。ソファの上のカフェからも、ぴくりと身じろぐ気配が伝わってきた。

ポッケの頭も一瞬、真っ白になった。

こいつは、いま、何を言った？

レースを。トゥインクル・シリーズを。タキオンは——

「ああ、そうだとも」

三人の視線を受けながら、タキオンはくすりと唇を吊り上げた。

「そもそもレースの勝敗なんて、はじめから、私にとってはどうでもいいことだ」

「——ッ！」

ぷつんと、何かが切れる音がした。

気がついた時には、ポッケはタキオンに詰め寄り、その胸ぐらをつかみあげていた。

「ふざけんなッ!!」

タキオンは抵抗しなかった。

ただ深い沼のような、底に何もうかがえない瞳が紅く、ポッケを見下ろしていた。

「ポッケちゃん！　やめて——」

「言ったよな!?　皐月賞の前！　ここで！　俺の挑戦、受けて立つってよ!?」

ダンツが慌てて割って入り、止めようとする。

その手を振り払い、両手でタキオンの胸元を揺さぶりながらポッケは吼えた。

「どうでもいいなんて言わせねえ！　勝ち逃げなんて絶対許さねえぞッ！　俺とお前、どっちが世代最強かハッキリさせせんじゃなかったのか!?」

「その件は、皐月賞で決着がついたはずだ」

眉ひとつ動かすことなく、タキオンが告げる。

敗北の事実を指摘され、ポッケは思わず息を呑む。沸騰した怒りに、スッと冷水を浴びせかけられたようだった。

凍りついた若草の瞳を、紅い瞳がゆらりと覗き込んでくる。

「君はあの日。私の走りを見て……、どう思った？」

光を超える光のように、絶対に追いつけない速度で去っていく背中。

ギリッと奥歯を嚙んだポッケは、タキオンの胸元を突き放した。

タキオンは軽くよろめいたが、浮かべた表情は変わらなかった。乱れた襟を整えながら、悠然と一同を見返す。

うつむいてしまったポッケに代わるように、ダンツが震える声を絞り出す。

「レースに勝つのが、目標じゃないなら……、タキオンちゃんはどうして、トレセン学園に、いるの……？」

カフェも静かにタキオンを見据えている。

いったんは視線を伏せてしまったポッケも、顔をあげてタキオンをうかがう。

　タキオンはまるで動じることなく、口元に笑みを浮かべていた。快活そうな態度で、両手を広げてみせる。

「君たちのこれからの走りには本当に、心から期待しているよ。ぜひともその脚を存分に磨き上げ、さらなる可能性を示したまえ。私自身はレースからは離れるが、同期として君たちの活動を全面的に応援しよう。必要ならば、私の知識と技術も快く提供するぞ。何なら専属のアドバイザーになってやってもいい！」

　ひと息に告げられた言葉に、応じる者はいなかった。

　重苦しい沈黙の中、タキオンひとりだけが陽気に両手を広げたまま、三人の顔を順番に眺める。

「……よーく、判ったぜ。お前はここで引きこもったまま、俺が最強になるのを眺めてやがれ」

　低く吐き捨てて、ポッケは踵を返した。

　これ以上、話すことなど何もない。

　かかわる意味も、時間も、すべてがムダだった。

　乱暴に引き開けられた戸が、再び音を立てて閉ざされる。

　反射的にポッケを追いかけようとしたダンツだが、いったん足を止めてタキオンを振り返った。

「この先の道からあなたがいなくなったとしても……、わたしたちは走り続けるから」

返答はなかったが、ダンツももとより期待はしていない。

今度こそダンツは背を向けて、部屋を出ていった。


二人が去り、室内が急にしんと静まり返る。

ゆっくりとカフェは立ち上がった。

「弥生賞の、時……。ゴール直前で、アナタがもう少しで『お友だち』に、追いつきそうになるのを、見ました……」

淡い黄水晶(シトリン)の瞳(ひとみ)はその風景を思い返しているのか、虚空に向けられていて、タキオンを見てはいない。

初めて聴かされた事実に、タキオンがへえ、と意外そうに瞬く。

「そうだったのか。残念だけど、私の目には何も見えなかったな」

肩をすくめたタキオンを残して、カフェも歩みを戸口へと向けた。

長く豊かな黒髪を揺らし、後ろ姿は一度だけ、立ち止まる。

「……私は、追いつきます。――必ず」

ひそやかな足音は廊下へ出て、戸が音もなく閉ざされた。

沈黙に包まれた室内に、いつの間にか沸騰し始めていたケトルだけが、ボコボコと泡の立ち上る音を響かせていた。

紅い瞳を、タキオンはかすかに細めた。

手の届かない遠くを眺めるように。

思いを馳せるように。

「……あぁ、そうだ。それでいい。君たちは」

○

多摩川沿いの、タナベの部室。扉を乱暴に開けて入ってきたポッケの姿に、フジキセキとタナベが揃って振り返る。

「ポッケ……──」

肩を怒らせ、瞳をギラギラと燃やして、ポッケはタナベの前へ歩み寄ってくる。

大幅な遅刻の理由は、聞くまでもなかった。

無期限休止を宣言したタキオンが、ポッケに何を言ったのかはわからないが──その表情が雄弁に語っているようだった。

「ナベさん。いますぐ特訓メニューを組んでくれ」

激情を呑み込んだ、低い声。

息を呑んだタナベとフジキセキに、ポッケはきっぱりと宣言した。

「俺はダービーウマ娘になる」

もう、タキオンなど振り返らない。

勝ち逃げして笑っているようなヤツを、ライバルだなんて絶対に認めない。

「俺が世代最強だって、世界中に見せつけてやる……!!」

3

翌日からの世界は、落胆と困惑に満ち満ちていた。

ネットやテレビのニュース、新聞や雑誌、ＳＮＳのウマ娘ファンコミュニティ、学校や職場などの会話でも——

あらゆるところで驚きと悲しみと、理由を探し求める声があふれた。

アグネスタキオンの無期限レース出走休止。

ケガなのか、病気なのか。精神的な問題、家庭や環境などの都合か。あるいは。

さまざまな憶測や陰謀論までもが飛び交う中、タキオン本人はいっさい口を開かず、
誰もが求める〝答え〟はわからないままだった。

最初の衝撃がひととおり過ぎると、残ったのは、失ったモノの価値と可能性の大きさを惜しむ声ばかりとなった。

『皐月賞も素晴らしい結果を出していましたし、ナリタブライアン以来の三冠ウマ娘の誕生に、本当に期待してたんですがねぇ……』

『ほんとですよね……。関係者に与えた衝撃も、相当大きかったですよ』

『あのまま日本ダービーも出走していれば、間違いなく一番人気だったでしょう』

『本当に、もったいない』

メディアで日々、繰り返される嘆きの声。

近づく日本ダービーの着順予想が始まっても、その傍らには必ず、同じ一言が添えられている。

『もしもタキオンが、出られていたのなら』


ポッケはがむしゃらにトレーニングを続けていた。

教室にはほとんど顔を出さない。座学の授業はすべて捨て、脚を動かすトレーニングに費やした。

懸命に練習し、懸命に食べ、懸命に眠って、また練習の一日へ。

晴れても雨でもグラウンドにいるポッケの姿に、クラシック戦線に挑む同期たちも次第に教室に現れなくなった。

日本ダービーまで、残りひと月もない。

どのウマ娘も少しでも力をつけようと、必死の努力を続けていた。

学園内に、レース場に、街じゅうに、薄く靄のように漂い続けるその呪縛を、打ち払おうとするかのように。

『もしもタキオンが、日本ダービーに出られていたのなら――』


この頃ぐっと沈むのが遅くなってきた夕陽が、西空をあかがね色に染めている。

芝草の土手に転がったポッケは、空を仰いで荒い息をついていた。

土手の下を流れる多摩川から、やや冷たい風が吹いてくる。身体を冷やすのはよくないとわかってはいたが、いまはしばらく動けそうになかった。

遠く、鉄橋を渡る列車の音が響く。

次第に濃さを増していく夕空の下、ゆっくりとした速度で草を踏む足音が近づいてきた。

「今日はもう、あがれ。さすがにそろそろ限界じゃろう」

呆れたような声が、頭上から降ってくる。

視線だけどうにか向けると、半身を夕陽に染めたタナベが立っていた。唇をむすっと引き結んでいて、たぶん少し怒っている。

当然だよなと、ポッケは胸の内で苦笑する。

日本ダービーを目指すポッケのために、タナベはもちろん、しっかりとしたメニューを組んでくれていた。それをこなしながら、ポッケはさらに苛酷な自主練習を追加で勝手に行っていた。

身体を徹底的にいじめ抜く、無茶を超えて無謀ともいえる行為。

タナベの采配を疑っているわけではない。叱られても当然の自分勝手な練習が本当に役に立つのか、ポッケ自身にもわからなかった。

それでも、じっとしていられなかった。ひたすら走って、何も考えられなくなるまで身体を酷使して――そうでもしなければ、耐えられない。

日ごとに募る焦燥感。

勝たねばならない。今度こそ、何としてでも。

ぐっと息をこらえて、ポッケは身を起こした。あちこち軋む身体を無視して、芝に手をつき、膝を抱える姿勢で座り込む。

「まだ……、まだ、いけるって。ちょっと休憩してただけだっての。このぐらいで、へばってなんかいられねぇ……！」

タナベの眉がぴくりと動く。

やせ我慢がモロバレなのは百も承知で、ポッケは声を絞り出した。

「俺は絶対、日本ダービーで勝つ。皐月賞のタキオンを超える走りを、俺の強さを、見せつけてやるんだッ……！」

そうする以外、胸を灼くこの思いは収まらない。

日本ダービーで最高の走りをして、ダービーウマ娘になる。名実ともに、日本一のウマ娘の座をつかみとる。

それだけが、一度も勝てないまま〝逃げられた〟タキオンへの借りを返す、唯一の方法。

「あいつに後悔させてやる。俺たちの勝負はまだ終わってねえのに、独りだけ勝手にいなくなったことを、絶対に」

膝の上で拳をギリリと握りしめて、ポッケは呻くように呟いた。

タナベが深々と息を吐く。

叱声が飛んでくるかと思ったが、タナベはよっこらしょ、と小さく呟きながらポッケの隣に腰を下ろした。

並んで土手に座った二人の上を、涼しい風が渡っていく。

「休止宣言のあと……、タキオンがおまえに何をどう言ったのかは知らんがな。あれだけの脚をもったウマ娘が、たったの四戦でレースから降りたんじゃ。言うまでもなく、通常では考えられん。そこに何事もなかったはずがない」

「……何だよ、その〝何事〟って」

むすっと唇を曲げて、ポッケは言い返した。

タキオンの事情なんか知らないし、聴いてやる気もない。

子供っぽいその反応にも、タナベは叱りもなだめもせず、ただどこか遠い瞳で夕陽に煌めく川面を見つめている。

「ウマ娘に故障はつきものじゃ。どれだけ気を配っていても、何ひとつ問題などない、絶好調だと思っていても……、それはある日突然、訪れる」

「で……も、タキオンは……」

反射的に言い返そうとして、けれど、反論できるだけの材料をもっていないことに、ポッケも気づく。

タキオンは休止の理由を公表してはいない。

歩いている姿に異常は感じなかった。けれど、日常生活での行動と時速七〇キロメートルを超えるウマ娘の走りは根本から異なる。

タナベの示唆するとおりなのかもしれないし、違うかもしれない。

でも——

言葉を失ってしまったポッケに、タナベが静かに頷く。

「むろん、これはワシの憶測に過ぎん。ただ、ひとつだけ確かなことはな……、誰だって決してケガなんてしたくはないし、……させたくもない」

皺の刻まれた口元に薄く浮かぶ、苦い笑み。

とある事実に思い至り、ポッケは息を呑む。

タナベはじっと、あかがねに輝く川面を見つめ続けていた。

「どうか無事に走ってくれと、満足ゆく走りを全うしてくれと……、万全を期して送り出したはずなのに、起きてしまうことはある。呪っても、憎んでも、どれだけ後悔したとしても……、その現実は変えられない」

「…………」

「それでもみな、訪れた運命と向き合いながら、それぞれの道を走り続けていくしかないんじゃ」

かつてタナベが育成した最高のウマ娘は、たった四戦でレースを中断した。

そこに、どれだけの思いがあったのか。

そして同じく、たったの四戦でレースを下りたと言い切ったタキオンは——

「フジキセキを走らせてやれなかったワシは、レースから去った。本来であれば、あやつの無念の分まで踏ん張るべきじゃったのに……」

「……ナベさん」

深い後悔を滲ませた老人の瞳に、どう答えてやったらいいのか、ポッケにはわからなかった。

春の頃——桜の下で、フジキセキとかわした約束を思い出す。

『絶対、姐さんとナベさんの夢、叶えてみせるっすよ!』

あの頃の自分は、本当に、何にもわかってはいなかったのだ。

ウマ娘と、ウマ娘を支える人々が、生涯たった一度の日本ダービーに、どれほどの思いをかけて挑んできたのか。

それを断たれたタナベとフジキセキが、どれほどの思いをポッケに託していたのか、何も——

うなだれたポッケの頭に、ぽんとてのひらが載せられた。

深く年月が刻みこまれた手が、じんわりとした温かみを伝えてくる。

「ワシはおまえを尊敬しておるんじゃぞ、ポッケ。ワシができなかったことを、おまえは成し遂げようとしておるのじゃから」

思わず顔をあげたポッケに、タナベが頷く。

あかがね色の光の中、眼鏡の奥の瞳は静かにポッケを見つめていた。

「タキオンがおらずとも……、ともに競い、高め合うライバルを失おうとも、おまえはいまもターフに向かおうとしておる。じゃが……、無茶だけはよせ。ワシにもう、あんな思いをさせてくれるな」

「……うん。ごめん、ナベさん。俺……」

心の底から案じてくれているタナベの思いが、すっと胸に染み込んでくるようで、ポッケは震える唇をかみしめた。

温かいてのひらが、ポッケの頭を優しく撫でる。

その手つきがフジキセキのしぐさとよく似ていることに、ポッケは気づいた。

かつてクラシックに挑もうとしていたフジキセキも、いまのポッケのように必死にもがいて――なだめられ、励まされることがあったのだろうか。

ようやく肩の力が抜けたようなポッケの姿に、タナベは目を細めた。

怒りも、後悔も、共感も、反省も——すべてストレートに激しく熱い、純粋無垢(むく)なウマ娘。

(まだまだ、未熟者じゃが……、きっと、こやつは強くなる)

フジキセキがポッケを連れてきて、もう一度トレーナーをと乞(こ)われた時には、正直、気はすすまなかった。

磨き上げた大切な宝が目の前で壊れるさまを見たあの日から、とても再びチャレンジする気にはなれなかった。逃げるように職を辞して、何も生み出さない空白の日々を重ねてきた。

けれど、フジキセキから強くせがまれ、見せられたポッケの走りに心が騒いだ。

粗削りな、だが熱い気迫を帯びた、未来に挑む強い走り。

ウマ娘の走りの神髄は、きっと同じウマ娘にしかうかがい知れない聖域だ。

けれど、ウマ娘ならぬヒトの身でも、彼女らの走りから教えられ、与えられるものがある。

情熱を。歓喜を。希望を。絆(きずな)を——

未来を。

「ありがとうな、ポッケ。この老人にもう一度、夢を見せてくれて」

せいいっぱいの感謝と、これまでのトレーナー人生で培ってきた自信のすべてをこめて、タナベは断言した。

「おまえならば、必ずなれる。最強のウマ娘……、ダービーウマ娘に」

若草の瞳が瞬いて、ついで、ニイッと笑った。

彼女らしい表情に戻ったポッケが、握りしめた拳を突き出してくる。

意図を察したタナベも、その拳に自分の拳を打ちつけた。

「俺が絶対にナベさんを、ダービートレーナーにしてやるぜ！」

合わせられた拳の向こうで、黄金色の川面がキラキラと光っていた。

◯

陽は街の彼方に沈みきり、川面は急速に色を失っていく。

肩を並べて多摩川の土手を上がっていきながら、タナベがふと問いかけた。

「皐月賞でタキオンと一緒に走った時……、おまえ、あやつの走りをどう感じた？」

『皐月賞』という言葉に、ポッケの耳がぴくりと動く。

消し去りきれない敵愾心を滲ませたポッケに、タナベは苦笑しつつも穏やかに続けてくれる。

「ウマ娘の走りは嘘をつかん。思いはそれぞれあれど……、そのすべては必ず、レースに現れる」

「レースに……？」

「ああ。そしてその思いを正しく受けとめられるのも、おそらくは……、同じウマ娘だけなんじゃろう」

どこか寂しさの滲む声でそう言って、タナベは空を仰ぐ。

つられて自分も頭上を見上げつつ、ポッケはゆっくりと足を進める。

宵の色を深めていく空に、ぽつりとひとつだけ、明るい星が灯っていた。

4

皐月賞のあの走り。

タキオンは、あのレースが最後になると知っていたのか。

ポッケたちを置き捨てていったあの背中は、何を告げようとしていたのだろう？

翌日以降も、日本ダービーに向けたポッケのトレーニングは続いた。

表情が変わったなと、傍らで見守るフジキセキは思う。

先日までの思い詰めた、自分で自分を追い込むような気配は薄れ、いまはただ全力で大勝負に挑む気合にあふれている。

(ポッケもだし、ナベさんも……、何だか、ふっ切れた感じ)

大声でポッケとやり合いながら、年齢を忘れたように指導に熱が入る姿に、フジキセキも思わず微笑んでしまう。

きっと、これならば。

そう思うたびに、とくんと胸の奥がはねる。

(叶う、だろうか)

自分には届かなかった夢。

あきらめるしかなかった道。

叶えて欲しいと願う一方で——とくん、とフジキセキの鼓動は呟く。

日本ダービー。東京レース場、芝二四〇〇メートル。

(私だったら、どう走ったんだろう?)

日本ダービーの当日が目前に近づいてくると、トレセン学園の空気もいよいよ応援ムード一色になる。

トゥインクル・シリーズに所属するウマ娘にとっての最高の花道。その頂点を目指す思いは、誰もが同じだ。

すでに通り過ぎた者たちにとっても、これから挑んでいく新入生たちにとっても、心躍り胸のざわめく、そんな期間。

いつも賑やかなランチタイムの学生食堂も、いまはさらに騒がしい。

「ポッケちゃん！　私たち応援してるからね！」

「ダービーウマ娘はアンタしかいない！　ぜってー勝てよな！」

「ダンツちゃんもしっかり食べてる!?　緊張するのもわかるけど、ここが頑張りどころだから！」

並んで昼食をとっていたポッケとダンツに、通りかかったウマ娘たちが次々と声をかけていく。

「ここの神社ねー、マジで御利益あるから！　ケガとかしないで、思いどおりに最後まで走れますように！」

トレーニングで忙しいクラシック世代の代わりにと、わざわざ遠くの神社に詣でてお守りを買ってきてくれるウマ娘もいる。

山盛りのニンジンカツ丼を元気よくかき込みながら、ポッケは嬉しげにダンツに笑いかけた。

「こんなに応援されたら、マジみっともねートコ見せらんねえよな！　やっぱさー、伝説に残るような走り、出してかねーと。最強のウマ娘としてはよ！」

「う、うん……、そうだね……」

曖昧な笑顔を返しながら、ダンツはもそもそとニンジンカレーを口に運ぶ。

高まる緊張のせいか、このところあまり食欲がない。けれどここで音をあげている場合ではないことも、よくよくわかっている。

ちらりと横目で窺うと、ポッケは大きな丼を早くも空にしていた。欲張っていっぱいとってきたデザートのプリンを、いそいそと開けている。

その姿を微笑ましく眺めながらも、ダンツの胸はちくりと痛む。

(こないだまでは、ごはんもトレーニングって感じで、無理やりおかわりして詰め込んでたのに)

タキオンが出走休止宣言をした後、ポッケは傍目から見ても無理を重ねていた。怒りとか焦燥感とか、タキオンに対する敵愾心とか――ポッケの気持ちは、ダンツにもよくわかった。

だからダンツも負けないよう、懸命にトレーニングを続けてきたのだ。

（でも、いまのポッケちゃんは、……強くなった）

気持ちの変化があったのか、前ほど思い詰めた感じがなくなった。

代わりに、自分の信じた道をまっすぐに突き進んでいくような、一番ポッケらしい強さを取り戻している。


タキオンなき日本ダービーの優勝最有力候補と世間で言われているのは、ポッケだ。

長く使える末脚を武器としているポッケは、直線の長い東京レース場に有利だと目されている。皐月賞こそ3着だったが、序盤のつまずきがあってもそこまで追い上げたのだと、むしろ好評価の材料になっている。

比較しての、ダンツは。

皐月賞で2着になったのはまぎれもない事実だが——ダンツ自身が自覚している。

ポッケと比べた場合、自分には最後の決め手が足りない。

走り方もきれいではない。

鏡の前で、ときどき、立ち尽くしてしまう。

（わたしには、ポッケちゃんやタキオンちゃんみたいな、飛び抜けて輝くモノがない）

いまでも時々、夢にみて飛び起きる。

皐月賞でタキオンが示した、すさまじいあの走り。

圧倒的な力で打ちのめされる感覚。

どれだけ挑んでも、永遠に勝てない。

自分にはそこまでの力がないと、徹底的に見せつけられる——


「——おーい、ダンツぅ？」

ふいに呼びかける声がして、ダンツはびくっと跳ね上がる。

ポッケが心配そうにこちらを見つめていた。

「さっきからずっと止まってっけど、食欲ねーのか？」

「あ……、う、ううん。だいじょぶ」

慌ててスプーンを動かし始めたダンツに、妙に神妙にうつむいたポッケがプリンの最後の一つを差し出してくる。

「これ……、俺が先に全部とっちまったから。ダンツも食えよ」

「あ……、ありがと……」

しゅんと首をすくめているポッケのさまに、ダンツは思わず噴き出した。

プリンを受け取り、フタを開ける。

「おい、カレーまだ残ってんぞ」

「食べたくなっちゃったんだもん」

お行儀悪くカレースプーンで豪快にすくい取ったプリンを、ダンツはぱくりと口に運ぶ。

舌の上に拡がっていく、やさしい甘み。

きまりわるげに笑っていたポッケも、再びプリンを食べ始めた。

（……うん。頑張ろう）

自分たちは走り続けている。

どれほど遠く、果てない先に輝く光であっても——進み続けていれば、いつかはきっと追いつける。


落胆と昂揚（こうよう）、葛藤（かっとう）と希望。不安と期待。

日に日に高まる狂騒的な空気の中、その時は近づいてくる。

四月半ばにアグネスタキオンが投じた爆弾から始まった、大波乱のトゥインクル・シリーズ春シーズンは、五月終わりのその日ついに、クライマックスを迎えようとし

川文庫

ていた。

東京優駿・日本ダービー。

世代の頂点、すなわち、日本一のウマ娘を決定する大競走。

メディアが連日、出走ウマ娘のプロフィールやインタビューを報じ、街のそこかしこに写真やポスターが躍る。

ネット上では着順の予想が盛んに語られ、訳知り顔のベテランと、今年から見始めた若いファンが熱いレスバトルを繰り広げる。

当日の天気予報ですら、レース本番のバ場を語る材料になる。

ウマ娘ファンならば心沸き立たずにはいられない、年に一度の夢の祭典。

ただし、今年の日本ダービーには——必ず、あの一言がついて回る。

『やっぱり見たかったなぁ。ダービーで走るタキオンを』

ヒーロー不在の日本ダービー。

そんな不躾（ぶしつけ）な言葉を口に出す者も、いないわけではないが——

「なーんも判ってねーな、おめーらはよォ！」

繁華街の一角、テレビ局の街頭インタビューで吼（ほ）えたのは、フリースタイル・レースでポッケの走りを誰よりも側で見てきた仲間たちだ。

向けられたマイクをインタビュアーの手から強引にかっさらい、カメラに向かって全力でアピールする。

「いいか、よく聴け！　最強のウマ娘はこれから出て来ンだよ！　目ん玉かっぽじって見てやがれッ！」

「いや、目ン玉ほじったら見えねーだろ……」

全力で煽りにかかるルーにクールなツッコミを入れつつ、メイもニヒルな笑みを浮かべてナメた有象無象に釘を刺す。

「ま、その日になりゃあわかることだ。誰がホンモノのヒーローなのか……、アイツは必ず証明してくれるさ」

「日本ダービー！　ポッケさんの伝説が、ついに始まるっスよーーーッ！」

高々と拳を突き上げるシマに、残る二人も「おーっ！」と声を合わせる。

マイクを奪われたインタビュアーの腕も、ついでにつかんで掲げさせ、みんな一緒に雄叫びをあげた。

「ダービーウマ娘になるのは、ジャングルポケットだ!!」

5

五月最終週の日曜日。

東京都府中市は朝方に雨。

ぬかるみとまではいかないが、芝は濡れ、東京レース場は重バ場発表となった。

今日の分のトレーニングを終えたカフェは、首筋の汗をタオルで拭いながら理科準備室の戸を開ける。

しんとした室内に、もう一人の住人の姿はない。いつも複雑なデータが表示されているモニタも、暗く電源を落とされている。

コーヒーの支度をしながら、カフェはテレビをつけた。

中継画面いっぱいに映し出された観客席は、すでに満員になっていた。まもなく始まるレースが待ちきれないのか、ざわめきが絶えず続いている。

タキオンも、学園の多くの生徒たちも、いまはあの中にいるはずだ。

カフェもこの日をどう過ごすか悩みはしたが、いつもどおりしっかりトレーニングをこなす方を選んだ。

彼女たちとは、秋の菊花賞で会う。

その日までに一歩でも進み、自分の走りを磨き上げたい。

お気に入りのソファの定位置に腰掛けて、カフェはカップを抱えた。画面ではまもなく本バ場入場が始まろうというところ。

（ポッケさん……、ダンツさん……）

いまの自分より、はるかに先を往く同期たち。

彼女たちを超えてもいないのに、『お友だち』に追いつけるはずはない。

◯

まだターフには誰の姿もないというのに、会場は興奮と期待に落ち着きなく揺れている。

観客席にはウマ娘の姿も多い。授業のない日曜日ということもあって、クラスメイトたちはもちろん、応援にかけつけた先輩や後輩もいる。

「みんなガンバレガンバレガンバレーーっ！　今日はウララ、いっぱい応援しちゃうからね～！」

両手を挙げてぴょんぴょん跳ねている、桜色の髪はハルウララ。

その隣で亜麻色の髪をなびかせているのは、ウララの同期のナリタトップロード。どこか懐かしげな視線で、レース場の風景を見渡している。

「うわぁ……、やっぱり思い出しちゃいますね。この雰囲気……！」

「……ええ。本当に」

隣で静かに頷くのは、藍色の耳カバーを風に揺らすアドマイヤベガ。

ふんわり明るい鹿毛に白い前髪を垂らしたメイショウドトウが、思い返すように大きく頷く。

「あの時のレース、ほ、ほんとに凄かったです……！　アヤベさんもトップロードさんも、オペラオーさんも……！　わ、私はクラシックは出られなかったですけど、いつかはあんな風に走りたいって、すごく思って……！」

「そしていまは、ボクたちの好敵手の一人というワケだ！　互いに競い、互いに磨く、その果てに我らはさらなる高みへと至る――！」

すみれ色の瞳を煌めかせて、ティエムオペラオーが叫ぶ。

狭い観客席も何のその、大袈裟すぎる身振り手振りで朗々と謳いあげるさまに、周囲もざわざわ振り返る。

「嗚呼、おおいなる大競走！　ともに走る者も走らぬ者も、その輝きに魅せられ魂を燃やす！　ごらん、暁に試練の雨をもたらした天さえその涙を止め、今や遅しとその時を待ちわびて――」

「恥ずかしいし迷惑だからもうやめて」

オペラオーが高らかに空へ掲げた手を、かすかに赤く頬を染めたアヤベがつかんで無理やり下ろさせた。

賑やかに響いてくるクラシックの先輩たちの応援らしきものに、フリースタイル・レースの三人組も強く視線をかわす。

「おいおいおいおいおい！　負けてらんねーぞこっちもよォ！」

「今日はポッケの花道なんだからな。バッチリキメっぞ。いいか⁉」

「言われるまでもないっスよーー！」

しっかり準備してきたお手製横断幕を広げて、三人は声を揃える。

「ポッケーーッ！　頑張れーーーッッ‼」


彼女らから少しだけ離れた最前列の位置に、フジキセキとタナベも並ぶ。

ポッケとはすでに、控え室で別れた。

やるべきことはすべてやった。あとはただ、見守るのみ――

(私の方が、緊張してるかも)

渇いた喉に唾を呑み込み、フジキセキは苦笑した。

控え室を出る時、手を振って見送った後輩の表情を思い出す。

彼女らしい強気を取り戻した瞳には、この短期間でずいぶん成長したなと思わずにはいられなかった。

いまのポッケだったら、叶えられるかもしれない。

再び渇いてきた喉に息を吸い込み、落ち着こうとしたその時、背後で小さなざわめきが広がった。

「タキオンだ」

思わず、振り返る。

満員となった観客席を、漂うように歩いていく栗毛が見えた。この会場では珍しくもないトレセン学園の制服姿ではあるが、特徴的な紅い瞳は見間違えようもない。ウマ娘が多くいる一角を外れて、レース展開がよく見えるゴール正面へ向かっていく姿を、フジキセキはやや呆然と見つめた。

レースを休止しても、応援や観戦が禁じられるわけではもちろんない。自分が走れないからといって、レースそのものも見たくないと思うかは、そのウマ娘の性格にもよるだろう。

けれど――

皐月賞の走りを思い出して、フジキセキの背筋はスッと冷える。

頑張っている同期を応援するようなタイプではない。さらに言えば、目的のないことは決してしないウマ娘だ。

彼女は、何を見に来たのだろう？


コースを見下ろすタキオンの姿に、周囲には戸惑うような囁きが広がっていた。

「え……、あれマジで、アグネスタキオン……？」

「応援に来たのかな」

「本当だったらこっち側じゃなくて、芝の上にいたのにな……」

好奇と憐れみの視線にも、タキオンはまったく無頓着だった。用意してきた双眼鏡を手に、周到にピントを調整する。


（さあ、見せてもらおうか。君たちがどれだけ近づけたのか――）


レースの勝敗になど興味がないと言い切ったのは、まぎれもなくタキオンの本心だ。

求めていたものは最初から、ただひとつの疑問の答えだけ。

トレセン学園に来たのも、レースに出走していたのも、すべてはウマ娘の走りの限界、その先へ、自らの脚で到達するため。

並のウマ娘ではせいぜいが、レースに勝利するぐらいが関の山だろう。

だが、タキオンは並のウマ娘などではない。

だれも到達し得なかった限界を超え、その先の可能性を視る——それができる能力が自分の脚にはあると、タキオンは理解していた。

同時に——もうひとつの事実も、冷静に評価せねばならなかった。


既存の性能をはるかに超える超高性能のエンジンを十全に動かし、最高性能を発揮させるには、それを搭載する機体にも相応のスペックが要求される。

半端な機体ではエンジンの性能を生かせないどころか、機体そのものが負荷に耐えかね、崩壊する。

——そしてタキオンの脚は、発揮できる能力に耐えられるだけの強靭（きょうじん）さを、生来、もちあわせてはいなかった。


双眼鏡のレンズの中に、緑のターフが広がっている。

まだ空のままのスタート地点を見つめ、タキオンは待つ。

すでにタネは撒（ま）いた。

そこからどんな芽が出て、どんな実を結ぶのか——

（〝プランB〟……、実証実験、開始だ）


レース開始を待ちわびる観客席の熱気とは対照的に、出走者をコースへ導く地下バ道は、ひんやりとした静寂に包まれていた。

ほの暗いその通路を、勝負服に身を包んだポッケが歩いていく。

どの会場の、どのレースでも——ターフへ向かうこの瞬間は、緊張と昂揚に胸が高鳴る。

ふと、最初にタキオンと対戦した、年末の日を思い出した。

レースで遭うのは初めてだったあの日、地下バ道でポッケはようやく、アグネスタキオンというウマ娘の存在を意識したのだ——


人の気配を感じて、ポッケは顔をあげた。

あ、と思わず息を呑む。

あの時と同じように、出口から差す光を受けて、一人のウマ娘が佇んでいた。

「……ダンツ」

ふわりとポニーテールを揺らして、ダンツが振り返る。

どこか弱気で、いつもポッケたちの後ろからついてくるようなウマ娘が、今日はピンク色の勝負服の背を、しゃんと伸ばして立っていた。

「ポッケちゃん……」

地下バ道の出口から、観客席のざわめきが伝わる。十一万を超える人々が、ポッケたちの入場を待ちわびている。

弥が上にも高まっていく緊張感に背中を押されるように、ダンツがぐっと両手を握りしめて、口を開いた。

「わたしね……、ずっと、自分の走りが好きじゃなかった。最後の決め手がなくて、いっつもずるずる負けがちで……」

長い間たまっていたものを、ようやく吐き出せた。そんな声だった。

握った手を震わせて、けれど、ダンツの瞳はしっかりとポッケをとらえている。

伸ばされた背筋と同じ、凛とした強い瞳で。

「でも……、やっぱり、勝ちたい。ダービーウマ娘になりたい。わたしだって、ウマ娘だから」

ああ。それは、そうだろう。

そのためにみんな、この場所まで来たのだ。

生涯に一度だけ立つことを許される、夢の大舞台――

ダンツがまっすぐ、右手を差し出す。

ポッケも自分の手を差し伸べ、開かれた掌に掌を打ち合わせた。

地下バ道に、ぱんと軽やかな音が響く。

「今日は絶対、負けないよ」

「……ああ。俺だって、絶対負けねえ！」

ファンファーレが奏でられ始めると、満場の観客が一斉に手拍子で応じた。

爆発したような大歓声を背に、ウマ娘たちがそれぞれのゲートに向かって歩みを進めていく。

『十八人のウマ娘たちが続々とゲートに向かって行きます。光速を超えてターフを去ったライバルなき今、世代最強を示すのはいったい誰か!?』

ひとりずつゲートに収まり、その時を待つ。

枠番8、ほぼ中央のゲートに入ったポッケの背中でも、カシャリと扉が閉められた。

ひと呼吸して、ポッケは観客席の方を見やる。

かつてのダービーウマ娘やその同期たち、数々の伝説を築いてきたレジェンドウマ娘たちも、今日は観戦に来ているだろう。

最前列では横断幕を掲げたフリースタイル・レース時代からの仲間たちが、全力で応援してくれている。

その近くでは、タナベとフジキセキが見守っている。

厳しくも優しく導いてくれたトレーナー。

ポッケに夢を託してくれた先導者。

爆発しそうな鼓動を感じながら、ポッケは猛々しく笑った。

（絶対、絶対、絶対だ――！）

ダービーウマ娘に、なってみせる。

『枠入り完了いたしました！　すべてのウマ娘の夢を乗せて！　東京優駿・日本ダービー――』

カッと一斉に、ゲートが開く。

『スタートしました！』

綺麗な横一線で、十八人のウマ娘が駆け出した。

誰もつまずいたりはしない。スムーズに列を形成しながら、最初のコーナーへ向かっていく。

『ダンツフレーム好スタート、ジャングルポケットも好スタートを切りました。さあ注目の先頭争い――』

実況の声を背に、先行狙いのウマ娘たちがバ群の前へと出ていく。

中の一人が、さらに地を蹴って飛び出した。ぐんぐんと速度をあげて、まるで終盤の競り合いのようなスピードだ。

瞬く間に先頭に立ち、さらに後続との距離を空けていく。

『ミナミピッチャーがハナを叩いたーーーッ!!』

完全に大逃げの態勢に、観客席がどうっと揺れた。

7バ身、8バ身と圧倒的な距離を稼ぎながら、そのウマ娘が叫ぶ。

「絶対ッ、絶対に！　ダービーウマ娘になるんだァァッ――!!」

声は、中団を行くポッケにも聞こえた。

（ああ、俺もだ。俺もお前と同じだ……!!）

あの速度のまま、二四〇〇メートルの距離を走りきれるとはとても思えない。それでも最善と信じた策に賭けて走る思いは、ポッケにも痛いほどわかった。

ダービーウマ娘になりたい。

この中で一番速いのは自分だと、世界に向かって宣言したい。

みんな同じ思いで、たったひとつのゴールに向かって走っていくのだ。

（……タキオン。お前は？）

今日このレースを、タキオンもどこかで観ているのだろうか。

光を超える一瞬の煌めきだけ残して、さっさと自分から去ってしまった世界を、どんな思いで眺めるのだろうか。


『そもそもレースの勝敗なんて、はじめから、私にとってはどうでもいいことだ』


嘘つけよ、と言ってやりたかった。

（だってあの日のお前は、絶対に勝つつもりだっただろ？）

皐月賞のタキオンの走り。

傲慢なほどに自信にあふれ、慄然となるほど速かった。

自分の脚など、ここで失われても構わない。いまこの瞬間の走りさえ完璧であれば、あとのことなどどうでもいい。

圧倒的に、絶望的に、自分とはレベルが、格が、存在そのものが違うのだよと、追いかけるウマ娘に突きつけるような走りだった。

思い返せば、いまでもポッケの背筋には冷たいものが走る。

(けど、もう振り返らねえ。今度こそ超えてやるよ、俺が……!)

レースにこめられたウマ娘の思いを理解できるのは同じウマ娘だけだと、タナベは言った。

タキオンにどんな理由があったのか、ポッケは知らない。

けれど、あの日のタキオンが心の底から本気で走った、それだけは確信している。

だから——

(あの日のお前が超えようとした限界の先へ、俺が!!)


二四〇〇メートルの道程が、半ばを過ぎた。

向こう正面、東京レース場名物の大ケヤキを越えたバ群は、最後のコーナーへ向かって少しずつ加速していく。

大逃げを打った先頭のウマ娘は、2番手以降にまだ大きく差をつけてはいたが、すでに顎があがり始めている。

その背後にじりじりと、中団から後団のウマ娘たちが競り上がっていく。

『さあ早くもペリースチームが動き出した！　ペリースチームが押して第4コーナーを回ってくる！』

海外生まれの葦毛のウマ娘、ポッケに次ぐ二番人気のペリースチームが、その期待に応える強い足取りで前に出る。

いよいよ始まるラストスパートの予感に、ドッとうなるような歓声があがる。

息を詰め、両手を握りしめて、フジキセキは見つめていた。

『ジャングルポケットは、ジャングルポケットはまだその後ろであります！』

ペリースチームの後方につけたポッケは、速度を保ってタイミングをうかがっている。

仕掛けどころを見極めている。

自分の脚をもっとも発揮できる、その瞬間を——

『残り六〇〇切りました！　第4コーナーをカーブして直線コース——！』


ずっと先陣を切っていた大逃げのウマ娘がついに限界を迎えたように、追いすがる後続の中へと飲み込まれていった。

「ダー……ビー……、ウマ……娘に……、な……る……」

かすれたうめき声が横に流れていくのを聞きながら、ポッケは正面を見据えて走り続けた。

バ群が一気に速度をあげて、直線へとなだれ込む。

熾烈(しれつ)な攻防が始まっていた。

『さありメリが抜け出した。リメリが抜け出した！　そしてペリースチームがバ場の真ん中を通ってやって来る！』

すぐ前を行く葦毛の背中が、完全にラストスパートの態勢で、直線のど真ん中を突き抜けていく。

爆発したような観客の叫び。

十八人の、地を蹴る靴音。

実況の絶叫。

そして正面に見えてくる、まっすぐに延びた緑の道——


「俺が最強になってやらぁッ——‼」

地を深々と蹴り込んで、ポッケは飛び出した。

ペリースチームが行くさらに外側、ひらけた道へ躍り出て、突き進む。

ここまで積み重ねてきた、努力と想いのすべてをかけて。

前へ。

前へ！

『さらに外からはジャングルポケット！　ジャングルポケットーーーッ！』


先んじて勝負に出たペリースチームに、ポッケが挑んでいく。

バ群から突出していく二人の姿を見据え、ダンツは息を大きく吸い込んだ。

「わたしだって……！」

猛然と走り出したダンツも、先行の二人に追いすがっていく。

見る間に縮まる距離に、ドッと歓声が揺れる。

その声を聴いたか、迫る気配を感じたのか——ペリースチームが一瞬だけちらりと背後をうかがった。

息を呑(の)んだ表情で、再び正面に向き直り、走る。

けれど、その一瞬の怯(おび)えと隙を見逃さないよう、ポッケが、そしてダンツが、じりじりと追い上げていく。

『ジャングルポケットトーッ！　ジャングルポケットと、そしてダンツフレームの追い込み！　ペリースチームは、ペリースチームは伸びない！』

バ場の中央を貫くように駆けていく、二人のウマ娘。

苦しげに走る葦毛の姿を置き捨て、ポッケがついに先頭に立つ。

そのすぐあとを、ダンツが追いかけていく。

（逃がさない……！　わたしだって……、わたしだって……!!）

いつも人気は3番手。

どこか最後で勝ち切れない、決め手のないと言われた走り。

それでも。

それでも——!!

『先頭はッ、しかし、ジャングルだ！　ジャングルだ！　ジャングルポケット！　ダンツフレーム！　ダンツフレーム2番手——！』

息を継ぐ。

もう正面に、ゴールは見えてきている。

あと少し。

あと少しなのに——距離が、開いていく。

ポッケの背中が、じりじりと遠ざかっていく。

『ジャングルポケット先頭！　１バ身から２バ身！　リードが開いた――』


その光景を、ついにポッケは見た。

目の前には誰もいない。

ただ広々と青い芝が、空に向かってどこまでも、どこまでもまっすぐに延びていた。

草の匂いをはらんだ風が、正面からポッケの身体を叩く。

ついに届く。

風の向こうに光がさして、そして。

（――ッ……!?）

慄然と、若草の瞳が見開かれる。

最高の栄冠を目指した十七人のウマ娘を全員背後に置き捨てて、先頭で駆けているはずのポッケの視界に、その影が映る。


光を超える光のような、唯一無二の、その煌めき――

ドドッと地を激しく鳴らして、蹄鉄の脚がゴール板を駆け抜けた。

大歓声が東京レース場を揺るがせる。
先頭でゴールを越えた、
ついにＧⅠレースでの勝利をつかんだ、
日本ダービーを制したそのウマ娘の、栄光をたたえて。
『ジャングルポケット１着ーーッ！　勝ったのはジャングルポケット――‼』

フジキセキは動くことができなかった。

『食い下がったダンツフレームをゴール前また突き放して、新時代の扉をこじ開けたのは、ジャングルポケットーーーッ！』

周囲で人々が歓喜の雄叫び（おたけ）びをあげていた。

フリースタイル・レースのポッケの仲間たちが、抱き合って涙を流している。顔見知りのウマ娘やトレーナーたちが、笑顔と拍手を送ってくれる。

それでもまだ信じられず、フジキセキは傍らのタナベを見やった。

タナベもまた、何が起きたのかわからないような顔でフジキセキを見返していた。

「……ポッケが……」

二人の声が重なった。

思わずどちらも口をつぐんで、呆然と見つめ合う。

信じていた。

夢と期待を乗せた希望的観測ではなく、トレーニングとデータをふまえた現実的な分析でも、決して届かない勝利ではないと思っていた。

その上で、やれるだけのことはすべてやってきた。

──そして。

「勝ったんだ……。ポッケが、ダービーに……！」

目頭にじわじわと熱が集まっていく。

揺らぐ湖水の瞳を見つめたタナベも、眼鏡を外して目元を押さえた。

互いに震える肩を寄せ合い、ターフを見つめる師弟の上に、観客の誰かが撒いたほの白い紙吹雪が、いっぱいの花びらのように降り注いだ。


興奮しきった大歓声は、止む気配もない。

走り抜けたゴールの先、芝の上に立ち止まったダンツは、両手を膝について深く頭を下げた姿勢のまま、動けなかった。

激しく弾む呼吸のせいで、胸が痛い。

喉がかすれて、声が出ない。

（……また）

また、2着。

緑の芝の光景が、じわりと滲んで溶けていく。

歯を食いしばって、ダンツは嗚咽を堪えた。まだ、まだすべてが終わったわけではない。

ギリギリと痛む胸を押さえ、滲む目元を手の甲で拭い、ダンツは懸命に顔をあげた。

その時だった。

天に向かって轟くような、激しい叫びが聞こえたのは。

思わずびくりと、ダンツは肩を震わせた。慌てて振り返ると、正面スタンドの前に仁王立ちに空を仰ぐポッケの姿が見えた。

両手をかたく握りしめ、腹の底から絞り出すように、再びポッケは咆哮した。

「うあぁぁぁぁぁぁぁぁぁッ……!!」

その名前のとおり、野生の獣さながらに。

風に髪を乱して雄叫びをあげるポッケに、一瞬は驚いた観客たちも、ドッと歓声で応える。

『おおっとこれはジャングルポケット、勝利の雄叫びか！』

『自身初のGⅠ制覇に加え、トレーナー陣営の無念も晴らした結果ですから、こみあげるものもあるのでしょう！』

思いを爆発させたようなポッケの姿を、誰もが微笑ましく見つめ、あるいは感動に身を震わせて、祝福の拍手はいつまでも止まなかった。

その中で、ダンツは立ち尽くしたまま、ポッケの咆哮を聞いていた。

ポッケが今日の日を勝つためにどれだけの思いと熱量をかけて練習してきたか、ダンツだってよく知っている。

――知っては、いたけれど。

(悔しい)

また勝ち切れなかった自分も、最高の栄誉をつかんだ友の勝利を喜んであげることができない自分も、何もかも。

胸にあてた手をきつく握りしめて、ダンツはただ、空を仰いだ。

◯

「おめでとうございます、ナベさん！」

「ついに悲願が叶いましたね！　本当におめでとう！」

「ポッケちゃん最高だったよーっ！　よかったね、フジ!!」

控え室へ向かって客席を急ぐタナベとフジキセキに、観戦に来ていたウマ娘やトレーナーたちから、ひっきりなしに喜びの声がかかる。

彼らのほとんどがかつてのフジキセキと同じように、日本ダービーを目指して走り、けれど、勝利をつかめずに終わった者たちだ。

届かなかった夢。

けれど、ポッケはその夢を引き継いで、達成した。

その〝奇跡〟を、みなが我がことのように喜んでくれている。

(本当に素晴らしい走りだったよ、ポッケ……！)

ポッケ自身はただ最強を目指して走りきっただけで、自分がどれほどすごいことを成し遂げたのか、気づいていないかもしれない。

どれほどたくさんの人がポッケの走りから勇気をもらい、希望を与えられ、失った夢を充たされたのか――

(私たちの道は、終わってなんかいなかった)

ウマ娘が走り続ける限り、その道は途切れることなく続いていく。

昂揚感にほてる胸元を押さえるようにしながら、フジキセキはタナベの後を追って、観客席の最後尾まで出た。

――そして、そこで意外なものを見た。

(タキオン……)
ゴール前を俯瞰できる最後方の席に、タキオンがいた。
出走した面々もすでに地下バ道の方へ去り、芝の上は空っぽになっている。それで
もタキオンは瞬きもせず、じっと何かを見つめているようだった。
紅い瞳からは、何の感情もうかがえはしない。
フジキセキの脳裏にふと、皐月賞の風景がよみがえる。
今日のポッケの勝利を、タキオンはどんな思いで観たのだろう。
——成功だ。
ゆるく組んだ両腕の先、指は知らず震えていた。
腹の底からわきあがる強烈な悦びをこらえ切れず、タキオンは喉をクククッと鳴らす。
(あぁ、そうだ。それでいい……!　君たちは……!!)
皐月賞で示したタキオンの〝仮想〟。
その光を灼きつけられたウマ娘たちは、見事にタキオンの仮説を実証してくれた。
速さへの餓えと、敗北への焦燥。
絶望の果てに残る、勝利への執着。

これならば、きっと――いや必ず、彼女らはたどり着いてくれるはずだ。
タキオンがずっと焦がれ、追い続けてきた風景。
ウマ娘の肉体の可能性、その果てに在るモノ。
（さあ見せてくれ……！　もっと、もっと……!!）

PHASE: 4

1

照りつける太陽の下、そびえる真っ白な入道雲。

熱い砂浜に、繰り返し打ち寄せる波の音。

どこまでも続く青い海――

トレセン学園夏合宿の季節である。


「きゃーっ、冷たーい！」

「気持ちいーい！　えーい！」

「わぷっ！　やったなーっ！　お返しだーーっ！」

夏そのものの風景の中を、水着姿のウマ娘たちがはしゃぎながら駆けていく。

波打ち際で互いに水をかけあったり、泳ぎ始めた仲間を沈めたり。浜辺で砂を掘り返す者、持ち込んだボールでビーチバレーを始める者――

賑(にぎ)やかな歓声が、青空の下いっぱいに響く。

もちろん合宿である以上、トレーニングの予定はみっちりと組まれている。ただ、初日の今日だけは、トレーナー陣も多少のお遊びは容認してくれる。

ここまでのレースの疲れを癒(いや)し、秋シーズンに向けて気持ち新たにリフレッシュすることも、夏合宿の大切な目的のひとつだからだ。

いつもと同じトレセン学園の中にいただけでは、見つけられない〝答え〟もある。


「今日はウララ、めいっぱい泳ぐぞぉ～～！」

「私も負けませんよ！　競争です、ウララちゃんっ！」

「わかったよトップロードちゃん！　よーしっ、競争だぁ～～！」

浮輪を抱えて気合を入れるハルウララの隣で、同期のナリタトップロードが元気よくガッツポーズ〟二人揃って波間へ飛び込んでいく。

「待って～……〟ライスも一緒に、練習、したいから……」

そのあと少し遅れて、大きめのビート板を抱いたライスシャワーもトプロたちを追いかけて、ぱしゃぱしゃと波へ踏み込む。

「あかんてオグリ、ちっとも前に進んでへん！　もっと力を抜きぃや！」

「こ……、こうか……？」

「うんうん、もっとゆっくり、ゆーっくり水をかいて……。そうそう、その調子ですよ、オグリちゃん。じょうずじょうず〜」

海の中でもがいているのか沈んでいるのか、かなり微妙な泳ぎを見せるオグリキャップを、タマモクロスとスーパークリークが応援する。

「おらおら〜☆　沈められたくないなら華麗にダンスを踊ってみせな〜ッ！」

波打ち際では両手に水鉄砲を構えたゴールドシップが、悲鳴をあげて逃げ惑うトーセンジョーダンを追いかけ回していた。

大騒ぎの光景を尻目（しりめ）に、漆黒の髪をうなじで束ねたマンハッタンカフェは黙々と準備体操を続けている。表情はいつもどおり淡々としているが、身体をほぐす動作は入念で、しっかり泳ぐつもりなのがうかがえた。

その姿を眺めて、ダンツフレームは安堵（あんど）の微笑みを浮かべた。

春からずっと体調不良で、一時は頬もやつれてつらそうだったカフェだが、いまは水着姿の身体はしっかりしていて、体重も戻っているようだ。

（よかった。カフェちゃん、秋には間に合いそう）

同期として巡り合ったのだから、やっぱり一緒に走りたい。

一人、それが叶（かな）わなくなったウマ娘の顔が脳裏をよぎるのを、ダンツは頭を振って追い払った。

「カフェちゃんも久しぶりに合流できたし、充実した夏合宿になりそう。ここでしっかり頑張って、秋シーズンはいいレースをしたいね、ポッケちゃん！」

気を取り直して投げかけた言葉に、返事はなかった。

ダンツの傍らに佇(たたず)んだ水着姿のジャングルポケットは、どこかぼんやりとした瞳で水平線を眺めている。

「ポッケちゃん……？」

「……あ、悪ぃ。ちょっと、ぼーっとしてた。とりあえず泳ぐか」

気づいたポッケが、バツの悪そうな笑みを浮かべて頭を掻(か)く。

言葉どおり波打ち際へ歩き出す背中を、ダンツは慌てて追いかけた。

この頃、こんな感じのやり取りが多くなった気がする。日本ダービーが終わった後ぐらいから、どことなくポッケの様子が——

「油断大敵だぜ、オメーらーーーッ!!」

「きゃあっ!?」

「うおぉっ!?」

突然、はしゃいだ大声と同時に、冷たい海水が浴びせかけられた。

手で撥(は)ねかけたような可愛い量ではない。衝撃すら感じる勢いの水がドッと襲い来て、ダンツもポッケも頭からびしょ濡(ぬ)れだ。

ひと抱えはありそうなごついウォーターガンを構えたゴールドシップを先頭に、大小さまざまな水鉄砲を手にしたウマ娘たちが、揃って笑い転げている。

「てめぇらー……！　俺を敵に回して無事に済むと思うなよーーッ！」

肩を震わせたポッケが、勢いよく腕を振り回しながら突進していく。

わっと逃げ散る一同も、すぐさま反撃の水を飛ばしてくる。

さらにびしょ濡れにされながらも、ポッケは怯むことなく一番手近な相手を捕らえて海の中へと引きずり倒した。

「おらーーーっ！　お返しだあぁっ！」

「ま、待ってポッケちゃん！　やりすぎ、やりすぎ――ッ!?」

おろおろと追いかけたダンツの顔面に、別方向から飛んで来た大量の水が思いっきり炸裂した。

◯

はしゃぎ回るポッケたちの姿を、フジキセキは浜辺に立てたパラソルの下から眺めていた。今日は泳ぐつもりはないので、ラフなTシャツに短パン姿だ。

傍らに座ったアロハシャツ姿のタナベが、嘆息まじりに呟く。

「ああしておると、いつもと変わらないんじゃがのう……」

「うん……」

「ダービー以来、どことなく気が抜けたというか、集中力を欠いておるというか」

丸眼鏡の奥の瞳が、心配そうに曇っている。

秋シーズンの前哨戦として先週行われた『札幌記念』に出走したポッケは、シニア級のウマ娘たちを差し置いて、一番人気を得た。

けれど結果は、まさかの3着。

期待に応えられなかったダービーウマ娘に落胆の声はもちろん、今後の菊花賞について不安視する声も出始めている。

「身体的には異常がないなら、やはり、気持ちの問題かのう」

念入りに体調のチェックもしたが、特に問題となる箇所は見つからなかった。

だとすれば——原因は？

フジキセキは目を細めて、波打ち際を駆けるポッケの姿を見やる。

いつもどおり笑ってはいるが、その横顔からはどことなく、いつもの熱い力強さが失われているように、フジキセキには思えた。

2

昼間は賑やかな歓声の絶えなかったビーチも、日が落ちる頃にはすっかり静かになって、波音だけがゆるやかに続く。

燃えるような夕焼けが、海面を黄金色に染めていた。

白く泡立つ波打ち際に、点々と足跡が延びていく。その先端で呼吸を弾ませているのは、独り走り続けるポッケだった。

もうだいぶ長い距離を来ている。ランニングとはいえ、これだけ走ればさすがに息があがってくるが、ポッケは足を止めない。

延々と広がる海と空。

どこまでも続くような平らかな景色がふと、あの瞬間と重なった。


ずっと脳裏から、離れない。

日本ダービー、ゴール直前。ポッケは誰よりも速く走って、最強のウマ娘の座をつかんだはずだった。

けれど、ポッケには〝視え〟ていた。

光を超える光のような後ろ姿が、一直線に走り抜けていくさまが。

どれほどあがいても追いつけない速度で、ポッケを置き捨てゴールへ到達する、タキオンの幻影が――

「……ッ……、くそ……ッ！」

波を踏み、冷たい飛沫を蹴散らしながら、ポッケは呻く。

無意識に速度が上がり、呼吸が乱れる。いつしかポッケはレース本番でスパートをかける時のような、本気の速度で海岸を突っ走っていた。

踵の下で砂が飛び散る。

風が耳元でうなる。

その音に負けないよう、喉から声を振り絞る。

「ちっくしょおぉぉぉぉぉ――――ッ!!」

あの日誰もが、歓喜の雄叫びと信じて疑わなかった、ポッケの咆哮。

けれどそれは、どうあっても覆らない事実に気づいたがゆえの慟哭。

(追いつけない)

どれほど走っても。

どれだけ速くなったとしても。

(あの走りには)

勝利を重ねたとしても。

ダービーウマ娘になったとしても――

ジャングルポケットはアグネスタキオンに、永遠に勝てない。

海岸から少し坂道を上った閑静な区画に、ウマ娘たちの合宿所はある。

ランニングを終えたポッケがその坂道を上ってくる頃には、日は完全に沈んで、辺りは宵闇に包まれていた。

点灯された玄関に、フジキセキが待っていた。

「ずいぶん遅かったね、ポッケ」

食堂ではそろそろ夕食も終わりそうな時刻だ。けれどフジキセキは遅刻を責める様子もなく、優しく手を差し伸べてくる。

「一人で遠くまで走り過ぎて、道に迷ってるんじゃないかと思ったよ。迎えに行こうとしてたとこだ」

「姐(ねえ)さん……。すんません、勝手しちまって……」

何となくフジキセキの顔を見づらく、ポッケはうつむいた。ぼそぼそと不明瞭(ふめいりょう)に謝りつつ、合宿所へ入ろうとする。

と、その手をフジキセキがいきなり捕らえた。びくっと顔をあげたポッケに、陽気な笑顔を向けてくる。

「ポッケ。いまからお祭り、行かない？」

「祭り……？」

「この近くの神社で今夜、夏祭りをやってるんだって。規模はそこまで大きくないけど、屋台も出てるし、打ち上げ花火も上がるみたい。せっかくだから行ってみないかって、みんなすっかり盛り上がっちゃってね。夕飯はとっておいてもらったから、行こうよ、ね？」

祭りがあるという街の方角を示して、フジキセキがうきうきと誘う。

普段ならその手のイベントごとには真っ先に飛び込んでいくポッケだが、いまはそんな気分になれなかった。

「いや……、俺はその、あんまり……――」

「トップロードたちが地元の人に聞いてきたんだけどね、近くに浴衣(ゆかた)をレンタルしてくれるお店があるらしいんだ。やっぱり夏祭りは浴衣だよね！　そうだ、ポッケに似合いそうな浴衣、私が選んであげるよ。やっぱり緑色かな？　黄色もいいね」

トーンの落ちたポッケの声などまるで聞こえなかったかのように、フジキセキはぐいぐいとポッケの手を引いていく。

無下に振りほどくこともできず、ポッケは引きずられていくしかない。

「商店街の入口で、みんな待ってるから！　急いでポッケ！」

「ちょっ……、姐さんっ、俺は別にいいって……、姐さんってばぁーー！」


夜空に賑やかに響く、お囃子の音色。

金魚すくいに射的、わたあめ、焼きそば、たこ焼き、かき氷――どこか懐かしい、おなじみの屋台の列。

規模はそう大きくないとフジキセキが言っていたとおり、地元の小さな神社で行われる、こぢんまりとしたお祭りだった。

観光客に向けたものではなく、地元の人々が長年、楽しみに受け継いできた催しなのだろう。小ぶりな鳥居の先に続く参道には、商店街の店々の名を記した提灯が連なり、地域の家族連れがそぞろ歩いていた。

人波の間を、ウマ娘たちもはしゃぎながら進む。

身につけているのは、地元の和装レンタルショップが今日だけ格安に提供している とりどりの浴衣。履きなれない草履の足を気にしつつも、屋台を冷やかしていく。

「うわーっ、どれから食べましょうか！　じゃがバター、チョコバナナ……、そうそう、かき氷は絶対に外せませんよね！」

「ウララ、焼きそば食べたーい！」

「あなたたち……、さっき夕食食べたばかりなのに、そんなに食べられるの？」

「問題ない。余ったら私が全部引き取る」

「あ、ライスもお手伝いします……！」

先輩後輩もなく、はしゃぎながら店を覗く一同の最後尾辺りで、ポッケは特にこれといった目当てもないまま、周囲の風景を眺めていた。

フジキセキに強引に着せられた浴衣の帯が、少し苦しい。

ふと傍らの気配に気づくと、涼やかな白地の浴衣に漆黒の髪を揺らしたカフェが、ポッケと同様、淡々と歩みを進めていた。

「お前も来てたのかよ。こーゆーイベントっぽいの参加すんの、珍しいじゃん。みんながわいわい騒いでる場所とか、苦手なんかと思ってた」

「フジさんに、強引に連れ出されてしまって……。それに……、お祭りそのものは、べつに嫌いじゃないですから」

その言葉どおり、黄水晶の瞳の底には淡い好奇心が滲んでいる。

屋台の後ろ、発電機が唸りをあげる暗がりに目を留めて、なにか楽しいものでも見つけたように瞳をほころばせた。

「お祭りの非日常の中では、みんなも解き放たれて自由に過ごしているのが、楽しそうなので……」

「ふーん？」

よくわからないポッケが曖昧に首を傾げるが、カフェもそれ以上の説明はしない。

何となく二人並んだまま、賑やかな参道を歩いていく。

気温はまだまだ高いが、時々吹き抜けていく夜風が、夏も終わりに近づきかけていることを告げていた。

「昼間、トレーニングけっこうやってたな。体調も前より良さそうじゃん」

「はい……。この秋からは本格的に走るつもりです。アナタとは菊花賞で会うことになるかと……」

「……そっか」

菊花賞。クラシック戦線、最後のレース。

十月末のその日はまだずっと先のことのような気がして、ポッケにはどうにも実感がなかった。

熱のない返答に、カフェがちらりと視線を向ける。

けれどそれ以上、何か言い出すことはなく——互いに無言のまま歩いていた二人の前に、ずいとたこ焼きの舟が突き出された。

「ほらほら、ポッケもカフェもせっかくお祭りに来たのに、なにぐずぐずしてるんだい？　食べて食べて！」

フジキセキが優しい瞳で笑っていた。

ほかほかと湯気を立てるたこ焼きから、濃厚なソースと青海苔（あおのり）、マヨネーズの匂いが立ち上り、ポッケの鼻を刺激した。

ぐうっと腹が鳴り、そういえば夕飯をまだ食べていなかったことを思い出す。とたんに空腹を感じ始めて、ポッケはたこ焼きに手を伸ばした。

とりどりの食べ物を買い込んできた一同が、その周囲へ合流してくる。

「ポッケちゃん、カフェちゃんも、焼きそばみんなでシェアしない？」

ダンツがパック詰めの焼きそばを差し出す隣で、トプロとウララがかき氷をぱくついている。

オグリはもちろん両手いっぱいに屋台メシを抱え込んでいるし、ライスは水ヨーヨーを弾ませて微笑む。ゴルシが買ってきたポップコーンに、群がってきた仲間たちが一斉に手を伸ばす。

お面をつけて劇場のファントムよろしく朗々と歌い出したテイエムオペラオーに、見とれるばかりのメイショウドトウを、アドマイヤベガがたしなめる。

提灯の明かりが、楽しげな笑顔たちを照らしていた。

あつあつのたこ焼きを飲み込んで、ポッケもダンツに笑顔を向けた。

「そっちの焼きそばはダンツとカフェで食ってくれよ。俺、そんだけじゃ足んねーや。もう一個買ってくる！」

「からあげも……、食べたいです……」

ダンツから割り箸を受け取りながら、カフェがちゃっかり要求する。

「からあげな。了解！」

「迷子になるんじゃないよ～」

フジキセキの声にも明るく手を振って、ポッケは屋台へ走った。

もやもやしたものは、とりあえず横に置いておこう。

せっかく誘ってもらったのだから、いまはこの時間を楽しむと決めて、ポッケは財布を取り出した。


屋台グルメを山盛り味わい、たっぷり遊んでみんなで笑って。

レースもトレーニングからも離れたゆるやかな時間を心ゆくまで楽しんだ一同は、打ち上げ花火がよく見えるという高台の公園へ移動してきた。

「わわ……、もうけっこう人が集まってきてますね……」

「あんまり大勢で固まってると、周りの迷惑になっちゃうかもね。みんな適当にバラけて待とうか」

「わーい、花火花火！　早く始まらないかなぁ〜！」

「打ち上げ花火、生で観るのって初めてかも――！」

すでにあちこち場所取りされている園内に、ウマ娘たちが散っていく。

ポッケもフジキセキとともに辺りを散策しつつ、良さそうな場所を探した。植え込みの間を抜けていくと、高台の縁を巡る遊歩道へ出た。

崖の上に作られた道からは夜の海が見渡せて、吹き抜ける風が気持ちいい。

「花火があがるのはあっちだって聞いたから……、あの辺の木がジャマになるかも」

「だからあんまり人がいないんすかね。まあ、いっすよ。海キレイだし」

目の前に広がる海とは逆の、街の方角の空を指して言うフジキセキに、ポッケは肩をすくめて側の柵にもたれた。

手にしたラムネ瓶を傾けてみたが、中身はもう空だった。

ビー玉をからからと鳴らすポッケに、フジキセキが心配そうに問う。

「ずいぶんいっぱい食べてたけど、大丈夫？　合宿所に夕飯とっておいたって言ったよね」

「ちゃんとそっちも食うっすよ。時間はちょっと遅くなったっすけど」

「それはまあ、連れ出した私の責任もあるよね」

どちらからともなく笑い合い、空を仰ぐ。

真っ黒な夜空は都会よりずっと暗く、星々は白く輝く砂粒を一面にばらまいたようだった。

花火は少し遅れているのか、まだ始まる気配はない。

「……君にまだ、ちゃんとお礼を言えてなかったね」

「お礼？」

少し改まったような声音に、ポッケはきょとんと振り返る。

フジキセキは穏やかな、だがひどく真剣な瞳で、ポッケを見つめていた。

「ダービーウマ娘になってくれて……、ナベさんの夢を叶えてくれて、本当にありがとう」

――ぐっと一瞬、ポッケの呼吸が詰まった。

フジキセキが心から、ポッケの勝利を喜んでくれたのはわかっている。

約束もした。

ポッケとフジキセキにとって、日本ダービーでの勝利は特別な意味をもっていた。

そしてその想いに、ポッケは応えることができた。

そのこと自体はもちろん嬉しい。導いてくれた人たちに最高の恩返しができた自分を誇る気持ちだって、ないわけではない。

けれどその一方で――胸の奥が硬く、冷えていく。

「あぁ……、どうも……つーのも、なんかヘンな感じっすけど、……うん」

もごもごと、口の中でまとまらない言葉を捏ねるポッケの姿に、フジキセキがかすかに目を細めた。

そっと伸ばされた手が、うつむいてしまったポッケの頭を撫でる。

「ねえ、ポッケ。もっと胸を張っていいんだよ？　皐月賞のあとに宣言したとおり、君は最強のウマ娘として実力を示したんだ」

「ダービーには、勝ったっすよ。今の俺の全力、出せたと思う。けど……」

「けど？」

優しく促す声。

口をつぐんだままのポッケの、唇の端が一瞬、震えた。

栗色に波打つポッケの髪を指先で静かに梳きながら、湖水の瞳が伏せられる。

「……実感、ないかな？」

優しいこの先輩は、きっと気づいていたのだろう。

あれだけの祝福と称賛を送られながら、誰よりもポッケ自身が、その勝利を受け容れきれずにいることを。

小さく吐息したフジキセキは、ポッケに並ぶように柵にもたれた。夜空を仰ぐその瞳に、終わりゆく夏の星々が映り込む。

「みんな……、いろいろ言うんだよね。悪気はないんだ。ウマ娘のレースに〝たられば〟は禁物だって、ちゃんとわかってはいても……、期待していたからこそ、考えずにはいられない。もしあのレースにあの娘(こ)が出走していたら、どうなっていただろう、って……」


日本ダービーが終わってからの、約二か月。

各種メディアに、ネット上に、街の人々の声に——ポッケの勝利を言祝(ことほ)ぐ言葉には、寄り添う影のように、必ず同じ名前がついて廻(まわ)った。

奇跡の走りをウマ娘の歴史に刻みつけ、光を超える速さで去ってしまったウマ娘、アグネスタキオン。

失われたその走りを、誰もがずっと追いかけている。

残光の煌(きら)めきは脳裏に灼(や)きついたまま、永遠に消えない。

硬く身体をこわばらせたポッケが、息を吸う音がやけに響いた。

フジキセキはただ、星空を見ている。

「私もあの頃、ずいぶん言われたよ。もしもフジキセキが走り続けていたら……、日本ダービーは、クラシック三冠は……って。実際にレースに出ているのは他の娘たちなのに……、私が出たところで、本当に勝てたかどうかだってわからないのにね」

誰もが願わずにはいられないのだ。

ウマ娘とその走りを愛するからこそ、祈るように夢をみる。

あっという間に消えてしまった鮮烈な光を、どうか、どうかもう一度と——


「たった、四戦。その四戦の幻が、消えてくれないんだ」


ようやく、ポッケは顔をあげた。

桜の頃、帰り道で約束をしたあの時と同じ、深い深い水底にたくさんの何かを沈めた、凪いだ瞳がそこにあった。

「姐さんは……、ずっと、言われる方だったんすね」

「うん。そして君は、幻を追いかける方、かな？」

「……そう、っすね」

たとえそのあと誰が勝とうと、灼きつけられた幻が消えることはない。

そして永遠に比べ続ける。

この世代の、真の最強は誰なのか――

「けれど未来は変えられる。ポッケが名実ともに世代最強になれば、その実績に周りの声も上書きされていく」

「世代最強、っすか」

励ますように語るフジキセキに、応えたポッケの声はどこか虚ろだった。

握りしめられた瓶の中、閉じ込められたビー玉が揺れる。

「タキオンに勝てないって、誰より感じているのは、……俺自身なんです」

日本ダービー、ゴール直前の、あの瞬間。

ポッケ自身が気づいてしまった。

皐月賞で見せつけられた、絶対的な力の差。それをくつがえすためにポッケは必死にトレーニングを重ねた。焦りと苛立ちから無茶をしたこともあったが、タナベやフジキセキの支えを受けて乗り越えてきた。

自分なりの手ごたえだって、あった。東京レース場の直線を生かしきり、いまの自分にできるベストの走りができた。

それでも――気づいてしまったのだ。

幻のタキオンは、全力で走るポッケの先を悠々と駆け抜けていった。

届かない。

どれほど走っても、あのタキオンの走りには追いつけない。

あの日のタキオンを、ポッケは超えられない。


「この思いは、たぶん……、一生、消えないっすよ。だって……、あいつと勝負して勝つことは、絶対にできないんすから」

この先どれだけ勝ったとしても、称賛を受けたとしても。

フジキセキが言うように、周囲もポッケの強さを認め、タキオンではなくポッケこそが世代最強だと評価が定まったとしても。

ポッケ自身が、その事実を自分につきつけ続ける。

『でも、タキオンには勝ててない』

『ジャングルポケットは世代最強じゃない』

解放されるためには、もう一度勝負して今度こそ、タキオンを超える以外に方法はない。

けれどそれこそ、不可能なのだ。

力のない笑みを残して、ポッケはのろのろとうなだれた。

何か言おうとしたフジキセキも、唇を嚙んだポッケの横顔に、指をぎゅっと握りしめるしかなく――


――瞬間。

どん、と腹に響く音とともに、頭上の空に光が開いた。


ふいうちのようなその輝きに、ポッケもフジキセキも思わず顔を上げる。

赤、緑、紫、青、銀、金。

とりどりに彩られた花が、次々と空に咲いては地上を照らす。

公園の中心方向から、大きな歓声があがった。

こぢんまりしたお祭りらしく、そう大型の花火ではない。三号程度の玉ばかりだが、海に映る煌めきは美しく、近いせいか音の迫力もあった。

大きく開くもの、柳のように尾を曳くもの、無数の小花を散らして拡がるもの。

この夜の一瞬のために長い時間をかけて準備され、そしてほんのひと瞬きの間に花開いては、消えていく。

しばらくふたり、並んで空を仰いでいた。

やがてぽつりとフジキセキが、ポッケ、と名を呼ぶ。

次々と色を変えていく花火の光を浴びながら、その瞳はまっすぐにポッケに向けられていた。

「明日の朝、五時。合宿所のグラウンドまで来て欲しい」

「グラウンド……？」

なぜ、と瞬くポッケの疑問に応えることなく、フジキセキは踵を返した。

花火はまだ、続いている。

涼やかな夜風に短い黒髪を揺らして、空から降る輝きの下、湖水の瞳は小さく微笑んだようだった。

「待ってるよ」

去っていく浴衣の背中を、ポッケはただ、見送るしかなかった。

3

フジキセキと約束した、早朝五時。

合宿所の周囲は、ほの白い靄に包まれていた。都内とは環境が異なるせいもあるが、季節が夏から秋へと移りつつある証拠だろう。

学園指定のジャージを羽織ったポッケは、ひんやり白い世界を足早にかきわけて、約束のグラウンドへと向かう。

普段ならまだ眠いとベッドの中でもがいては、同室のトプロに叩き起こされるポッケも、今朝は約束の三十分前には目が醒めてしまった。

フジキセキが何を考えているのか、見当もつかない。

別れ際に見せた真剣なまなざしを思い出すと、胸がざわついた。速まる鼓動を無視するように、わざと大股でポッケは歩いた。

（ごちゃごちゃ考えたって、しゃーねぇや。行きゃあわかることだ）

漂う靄の向こうに、木々に囲まれたグラウンドが現れる。

ポッケはうたれたように立ち止まった。

コースを囲う柵の傍らで、ポッケと同じジャージ姿の人物がストレッチをしていた。足にはトレーニングシューズをしっかりと履き、全力疾走するための準備を入念に整えている。

フジキセキが、走るための姿でそこにいた。

予想だにしなかった光景に固まってしまったポッケを、フジキセキが振り返る。軽快な動作で立ち上がりながら、にこりと笑った。

「おはよう、ポッケ。来てくれてありがとう」

「姐さん……、その、恰好……——」

ジャージ姿そのものは、学園で何度も見かけたことがある。ポッケのトレーニングにつきあって軽く走ってくれたことだって、これまでに何度もあった。

けれど、目の前にいるフジキセキは——違う。

ポッケの本能が告げている。

このウマ娘は、いまから走ろうとしている。

「ねえ、ポッケ。お願いがあるんだ」

そして、その予想を裏切ることなく。

深い湖水の瞳が、強い煌めきでポッケを見据えた。

「今から私と、勝負してくれないか」

一瞬で喉がカラカラに干上がった。

「な……、なんで、俺と、姐さんが……——」

「私が相手じゃ不足かい？」

いつもどおりの穏やかな声とは裏腹な、ひどく挑発的な言葉。

誘いをかけた自分が負けることなどあり得ないと、確信している表情だった。

カッと全身に血が巡るのを、ポッケは感じた。


忘れたことなんかない。

自分をトゥインクル・シリーズへと導いた、あの走り。

追いつきたいと、そしていつかは追い越したいと願っていた。

けれどその願いは、叶えられないと知った。

〝本気の〟フジキセキと走ることは、もうできないのだとあきらめて——


「……バカ言わないで下さいよ」

ああ、いまの自分は、どんな顔をしているのだろう。

嬉しいのか、興奮しているのか、怯えているのか、恐れているのか。

自分でもわからない感情がごちゃまぜになって、ポッケはただ、笑った。

「俺だって……、俺だって、ずっと……！　一度でいいから、姐さんと……、〝フジキセキ〟と、勝負してみたかったんだ……!!」

「決まりだね」

フジキセキの瞳に煌めく、ゾッとするほどの凄み。

背筋が震えるのを感じつつも、その感覚を振り払うように、ポッケは自分も走る支度を整え始めた。


スタート地点に、二人が並ぶ。

傍らの横顔を、ポッケはちらりと見やった。

フジキセキはまっすぐに正面を見つめている。凛(りん)とした表情には、日頃ポッケを導いてくれる優しい先輩の面影はどこにもない。

(すげえ……、ホンモノの〝フジキセキ〟だ)

ここからどんな走りが繰り出されるか、想像するだけで胸が熱くなる。

どうして突然、フジキセキが勝負を挑んできたのか、疑問はもちろんあった。けれどそれも、びりびりと伝わってくる彼女の本気に、溶けるように消えていく。

細かい理由なんて、全部後回しでいい。

いまは全力で、この瞬間を——!!

「いくよ、ポッケ」

「はい。いつでも……!」

地にかけた二人の脚に、ぐっと力がこめられる。

朝の空気を、肺いっぱいに吸い込む。

「さん、にぃ、いち――」

ゼロ。

ドッと同時に地を蹴り、飛び出す。

設定した距離は、弥生賞の中山レース場想定、右回り芝二〇〇〇メートル。

あの日のレース映像はそれこそ、暗記するレベルで繰り返し観てきた。ラストに二回も繰り出された末脚。通称〝フジキセキの二段ロケット〟。

あれに捕まったら、ポッケでも正直あやうい。

（いまの内に、少し逃げとくか）

早めのスパートで距離を稼ぐ。

心のうちにはどこか、フジキセキはあの日以来、レースに出走していないのだからという思いがあった。こちらはクラシックに向けて毎日走り込んでいる身だ。スタミナで負けることはないはずだ、と――

（先に行かせてもらうぜ、姐さんッ……！）

思い切って地を蹴って、一気に速度を上げる。

フジキセキは表情を変えず、ただ速度を上げた。ぴったりとポッケに合わせ、同じペースでついてくる。

あの頃とまるで変わらないのびのびとしたストロークで、フジキセキはポッケに併走する。

（……マジかよ……!?）

速度をさらに上げてみる。

それでも、フジキセキは対応してきっちりついてくる。

表情は変わらず、息も乱さず、湖水の瞳はごく冷静にコースを見ていた。

（マジかよ……！　姐さん……！）

〝フジキセキ〟が、そこにいた。

堂々と、惚れ惚れするような強い走りのままで。

爆発的にこみあげてくる感情に、ポッケは肩を震わせた。涙がこみあげそうで、同時に大声で笑い出しそうだった。

胸いっぱいに押し寄せるものをどうにもできず、ポッケは叫んだ。

「くっそォッ……！　負けねーぞッ!!」

ペースがあがったレースはすでに、最終コーナーにさしかかっている。全力でスパートをかけるポッケに、フジキセキも涼やかに並ぶ。

互いに一歩も譲らない攻防。

叩きつける風を切って突き進みながら、ポッケは喉いっぱいに雄叫びをあげた。

それから、何周走っただろうか。

どちらが勝っても負けても、お互いにもう一度、もう一度と勝負を重ねて、気づいた時には二人ともへろへろになっていた。

それでも、この時間を終わらせたくなくて。

ずっと走っていたくて。

自然と笑みがこぼれてきて、時には本当に笑い声をあげながら、二人は走り続けた。

とうとう脚がついてこなくなり、芝の上にばったりと倒れ込む。

息を弾ませながら仰いだ空はすっかり靄も晴れ、夏の日ざしが明るく降り注いでいた。

眩しそうに目を細めながら、フジキセキがポッケを称える。

「やっぱり……、さすが、ダービーウマ娘だね。こっちは、もう……ついていくだけでせいいっぱいだったよ」

「冗談キツいっすよ、姐さんッ……！　マジであの頃まんま――あぁぁ、ホントにッ、こんなのズルいってぇ……!!」

レースの舞台からは退いたような顔をして、学生寮の寮長にタナベのサポートにと、後輩を導く立場にすっかり転じてしまったと見せかけて。

あの穏やかな表情のどこに、ウマ娘の走りを隠していたのだろう。

本気で睨（にら）んだポッケの視線に、フジキセキは申し訳なげに肩をすくめた。

「ごめん。隠すつもりはなかったんだよ」

「でも、黙ってトレーニングはしてたってことっすよね？　俺らの知らないトコで、今までもずっと」

さすがに何の練習もなしに、あの脚を維持できるわけがない。

うんとフジキセキは頷（うなず）いた。ようやく落ち着いてきた呼吸を穏やかに継いで、はるかに広がる青空を仰ぐ。

「でもね、モチベーションは正直、尽きかけてた。一緒に走っていた仲間（ライバル）たちは、もういない。ピークを過ぎたいま、すべてを出し尽くしたとしても、きっと全盛期の走りまでは届かない。そんな私がいまの世代相手にどこまで通用するのか……、いまさら、出て行く場所はないのかなって」

「それは……」

そんなことない、と言いかけて、ポッケは口をつぐんだ。

実際にその変化を肌で感じたわけでもないポッケが、軽々しく口にしていい言葉ではない。

淡い微苦笑を刻んだまま、フジキセキは静かに続ける。

「もうすっぱり辞めて、後輩を育成する道に本格的に進もうかとも考えていたんだ。君が、私の前に現れるまではね」

「俺が……？」

「君の走りが、止まっていた私の気持ちを動かしたんだ」

意外な流れに驚いて、ポッケは唖然と瞬いた。

フジキセキは笑っている。

先程までの、自嘲を含んだ寂しげな笑顔ではない。胸のうちにわきあがる昂揚を抑えきれない、そんな表情だった。

「日本ダービー……、皐月賞、その前哨戦……、ううん、君がトレセン学園に来た時から、始まっていたのかもしれない。君の走りを観ているうちに、私も……、どうしても走りたくて仕方がなくなった」

芝に手をついて、フジキセキが身を起こす。

自分も慌てて起き上がったポッケを、湖水の瞳が正面からとらえた。

深い水底に押し込められて渦巻くものは、もう、そこにはなかった。くっきりと底まで透き通るように輝く瞳で、フジキセキはポッケに宣言する。

「私はもう一度、レースに復帰する。もちろん昔と同じってわけにはいかないけど、ナベさんにイチから鍛え直してもらって、ターフの上で君に勝ってみせる」

ざあっと、風が世界を揺るがしたような気さえした。

昨夜からフジキセキが示した一連の行動の意味をようやく理解して、ポッケは思わず口元を手で覆った。

そうしなければ、大声で叫び出してしまいそうだ。

「マジ……かよ……」

「うん。マジ。人マジだよ」

「トゥインクル・シリーズに、姐さんが……!?」

フジキセキが帰ってくる。

ほかでもないポッケに挑戦するために、レースに復帰してくる!!

「きっとこれは、私たちウマ娘の本能なんだろうね」

声もなく身体を震わせるポッケを見つめて、フジキセキは呟いた。


すごい走りを目にしたら、追いかけずにはいられない。

自分でも理由なんてわからない。

理屈じゃない。ただひたすらに、魂が叫ぶ。

あの走りに勝ちたい。

　この脚で、あの走りを超えてやりたい――!!

「ポッケも、同じなんじゃないのかい？」

「…………」

「君は皐月賞で、タキオンの走りに何を見た？」

　どうあっても、超えることのできない光。

　消えることのない呪いのように、その幻はいまもポッケの前にある。勝ったと思った瞬間、タキオンはこちらを振り返って嘲笑うのだ。

『おまえは、世代最強なんかじゃない』

　――けれど。

「ああ、そうだ。俺も、勝ちたい……！」

　どうしようもなく、胸が震える。

　これほどまでに打ちのめされても、ポッケの魂は叫ぶ。

「あいつがヤバけりゃヤバいほど、絶対に超えてやりたい……！　でなきゃ、俺がウマ娘に生まれた意味がねえ……!!」

「だったらさ、ポッケ。タキオンにも同じことを言わせてみなよ。君と勝負したいって、絶対に超えてやるって――タキオンに叫ばせてやるんだ」

弾かれるように顔をあげたポッケに、フジキセキは頷いた。

フジキセキがポッケに感じたように。

ポッケがタキオンに感じたように。

「君の走りで、ウマ娘の本能をタキオンから引きずり出すんだ」


タキオンはタキオンしか知らない理由でレースを去り――その直前に、ポッケの魂に消えぬ残光を灼きつけた。

そんなタキオンのエゴを吹き飛ばすには、ポッケもエゴをぶつけるしかない。

「……あぁ。俺だって、このままじゃ終われねえ」

勝つだけ勝って逃げていったタキオンの、襟首をつかんで引き戻す。

逸らされた視線を、胸ぐらを引き寄せこっちに向ける。

向かざるを得ないようにしてやるのだ。

ポッケの走りで。

「今度は俺が、あいつに見せつけてやる番だ……!!」

それ以外、前に進む方法はない。

ジャングルポケットも、アグネスタキオンも、ウマ娘だから。

4

ポッケとフジキセキがグラウンドを競走していたのと、同じ頃。

まだ静かな合宿所をこっそり抜け出し、ひんやりした朝の空気の中へ歩み出たダンツは、目の前の人物の姿に思わず瞬いた。

ジャージ姿に首からタオル。ダンツとすっかり同じ恰好をしたカフェが、準備運動をしていたのだ。

「……おはよう、カフェちゃん。もしかして、カフェちゃんも朝練？」

「……はい」

目的は同じらしい。

合宿所の周辺にランニングに適したルートがそう何種類もあるわけもなく、ダンツとカフェは自然と肩を並べて走ることになった。

スタミナをつけるためのトレーニングだから、速度もそこまでは上げない。合宿所から海、昨夜の公園がある高台辺りまで、ペースを保って走っていく。

何度か通ったことのあるルートだが、たちこめた朝靄（あさもや）のせいか、風景はどことなく見慣れないもののように感じられた。

「クラシック三冠……、とうとう、残り一つになっちゃったね」

「……はい」

「ダービーのポッケちゃん、ほんとに強かったなぁ……。きっとこの先、もっともっと強くなっていくんだろうね……」

海を片側に望む勾配（こうばい）を、息を弾ませながら登っていく。空が次第に晴れてきて、靄の上にうっすらと水色が拡がり始めていた。

頬を撫（な）でていく風はまだ冷たくて、ダンツは目をすがめる。

足を前へ踏み出すたびに、白い靄がまとわりつくように流れていく。

「追いつけないなぁ……、いつまでも……」

「……追いつきます。必ず」

嘆息とも苦笑ともつかない呟きに、静かな声がきっぱりと答えた。

安定したフォームで走り続けているカフェは、春頃とは見違えるほどに体幹がしっかりしていた。脚は力強くアスファルトを蹴（け）り続けていて、青白い頬で絶え絶えの息をついていた面影はどこにもない。

「みんなより、遅れた分……、みんなより、強く、速く。そうでなければ……、いつまで経っても、本当に追いつけない……」

「カフェちゃん……」

そうだ。もちろん。

まだ終わってなんかいない。むしろ始まってもいないのかもしれない。

ここからもう一度、スタートする。

「わたしだって、絶対……、追いついてみせる」

唇をひいて、ダンツは地を蹴る脚に力をこめた。


周辺のコースをひと巡り走り終える頃には、海沿いの街もそろそろ眠りから醒めて、車の往来や通勤の人々を見かけるようになっていた。

合宿所に戻る前に、ダンツとカフェは近くのコンビニに立ち寄った。

水分補給用の飲料は持ってきていたが、もう少し甘いものが欲しくなったダンツに、カフェもコーヒーが飲みたいと言い出したのだ。

「このチェーンのコーヒーは、嫌いじゃないです……。手軽にどこででも買える点を考慮しても、悪くないものかと」

「わたしもここのカフェラテはけっこう、好きかも。来るとついついスイーツばっかり買っちゃうけど……」

ベリーヨーグルトのドリンクに、好きなお菓子も何点か買い込んだダンツは、コーヒーの抽出を待っているカフェの側に向かおうとして——ふと、足を止める。

雑誌コーナーに並んだ表紙の中に、よく知った名前があった。


『菊花賞に向けて！　クラシック戦線総力特集！

アグネスタキオンなき今、世代最強のウマ娘は!?』


「……タキオンさん、ですか」

紙カップを手に歩いてきたカフェが、ダンツの視線の先を見て、かすかに表情をこわばらせた。

「私は……、あの人を、許すつもりはありません」

語気はあくまでも、静かなまま。

けれどカフェの内側には、熱く激しいものが確かに息づいている。

「あの人は、私の一番大切なモノを……、勝手に土足で踏みにじって。そのまま勝手に、……去っていった」

「タキオンちゃんが……？」

「だから、見せてあげます。あの人の目の前で……、私が、追いつくところを」

カフェの瞳はどこか遠い、はるか先を見つめるようだった。

詳しいいきさつは、ダンツにはわからない。カフェとタキオンの間に何があったのかは知るべくもないが――

ダンツの中にだって、くすぶった思いが存在している。

「レースを休止するって言った時……、タキオンちゃんは『レースの勝敗なんか興味なかった』って、わたしたちに言ったでしょう。あれってほんとに、ほんとだったのかな。だって……、皐月賞の時のタキオンちゃんは〝違った〟もん」

確かにタキオンはいつでも自分の研究に夢中で、授業やトレーニングに関心はなかった。トゥインクル・シリーズでの成績だとか、個々のレースの勝ち負けには、本当に興味がなかったのかもしれない。

――けれど。

「あの時のタキオンちゃんは、全力で勝とうとしていた。自分が勝つところを、わたしたちに見せようとしていた。どうしてなのかは、わからないけど……」

「……はい。私も、そう感じました」

ぽつぽつと語るダンツに、カフェも共感を示すように目を伏せる。

ダンツは小さく唇を嚙んだ。

あの日のタキオンの走りを思い出すたび、悔しいような悲しいような、自分でもはっきりしない感情が胸の内をぐるぐると巡る。

「タキオンちゃんはあのレースで、何を伝えようとしていたのかな」

ウマ娘のレースは、言葉以上に雄弁に思いを伝える。

復帰するつもりはないと言いきられてしまった以上、タキオンがレースにかけていた思いを知るチャンスは、二度とないのだろう。

そのことが、ダンツにはひどく寂しかった。

「もう一度……、一度だけでいいから、タキオンちゃんとみんなで、走りたかったな……——」

まぶしい日ざしが容赦なく、理科準備室に差し込んでいた。

窓にはレースのカーテンがかけられてはいるものの、東京の残暑はその程度の遮光ではまるで役に立たない。まだ朝早い時刻だというのに、室内の気温は急激に上がり始めている。

ＰＣの前に突っ伏すようにして寝ていたアグネスタキオンも、じりじりと窓辺を灼く白い光と室内の熱に、とうとう目を覚ました。

目を擦りながら周囲を見やり、ぼんやりと現状を認識する。夜通し研究に没頭しているうちに、うっかり寝落ちしてしまったらしい。

「ふぁーあ……、やれやれ、またやってしまったか」

ぱきぱきと鳴る肩を伸ばして、大きくあくびをひとつ。

つけっ放しのモニタを一瞥するが、糖分の切れた脳には何の情報も入ってはこなかった。そういえば昨晩は、夕食すらろくにとっていない。

まだ食堂の開く時刻ではないが、学園前のコンビニになら何かしら腹の足しになるモノがあるだろう。この際、校内のアイス自販機で妥協してもよい。

キーボードの傍ら、放置されていたゼリー飲料の空袋をゴミ箱に投げ込むと、タキオンは立ち上がった。


早朝の校舎は静寂に包まれていた。

いつもならそれなりの人数が朝練をしているはずのグラウンドにも、今朝は誰の姿もない。

がらんと無人の校内に、一人分の靴音ばかり響かせて、タキオンはようやく思い出した。

レースを休止し、ウマ娘たちのスケジュールから遊離した日々を送っていたせいで、すっかり忘れていた。

生徒も教員たちも不在となると、学生食堂も今日は営業しないかもしれない。この暑い中、食事のたびに校外に出かけていくというのは、なかなかにこたえる。

(面倒くさいことになった)

歩いても歩いても、誰とも出くわさない。

普段が元気なウマ娘たちの声で賑やかなぶん、静けさがいっそう際立つ。もう少し時間が経てば事務方や校務の職員たちが出勤してくるだろうが、この時刻は本当に、タキオンひとりだけなのかもしれなかった。

かつりかつりと足音だけが、長い廊下を続いていく。

あとは、空を埋め尽くさんばかりの蝉の声。

夏休みのはじめに主力だったミンミンゼミは鳴りを潜め、代わりにツクツクホウシが繰り返し繰り返し、人の声に似たフレーズを響かせ続けていた。目に見える風景は真夏のようでも、季節は確実に移ろいつつある。

夏合宿が終われば、秋のシーズンはもう目の前だ。

(彼女たちはこの夏、どこまで進んだろうか)

「……そうか、夏合宿か」

その成果を予想すると、知らず、タキオンの鼓動も高まる。

日本ダービーのポッケたちは最高だった。タキオンの期待をはるかに超える結果を示してくれたと言っていい。

〝プランB〟

皐月賞で灼きつけられたタキオンの〝残光〟に追い立てられた彼女たちは、その影を追いかけ、あるいは拭い去るために、更なる力を発揮した。

それがウマ娘の、本能であるがゆえに。

（それでいい。君たちは走り続けたまえ。私の代わりに――）

弥生賞を走り終えた時には、タキオンはすでに悟っていた。

まだ、走れはする。皐月賞も、その先いくつかのレースにだって勝利することは可能だろう。

そして、そこが終着点。

どれほどあがいても、その先には届かない。

望む景色は見られない。

ウマ娘の肉体がもつ可能性とは、その果てとは、こんな壊れかけの脚で到達できる境地であるわけがない。

計画を変更する。

プランA——すなわち、自らの脚による目標到達を断念。

代替案としての、プランBを本格的に始動する。

才能あるウマ娘を自分の代わりに走らせ、可能性の果てへと到達させて、そのすべてを観測する。

タキオン自身が焦がれてやまない、未知なるその領域へ——


(ああ、きっと。彼女たちならば、きっと届くだろう)


気づけばタキオンはグラウンドに立っていた。

小規模なスタンドの前に、日ざしに照らされたトラックが広がっている。

その上の空は、抜けるような青だった。ぽっかりと膨れた入道雲が、そびえるように浮かんでいる。

芝の上にはもちろん、ウマ娘の姿はひとつもない。

けれど、視えるような気がした。

一心に脚を運び、互いに競い合い、駆け抜けていくいくつもの影。

音が聞こえる。

芝を蹴る蹄鉄の響きが。激しく継がれる呼吸が。

タキオンが自ら去った世界を、いまも走り続けているものたちの声が――

『ジャングルポケット1着ッ！　勝ったのはジャングルポケット――!!』

――どこか遠くから、咆哮が聞こえる。


動くもののない静寂の中で、蝉だけが鳴き続けていた。

晩夏の光に真っ白に灼かれた芝の上には、誰もいない。

よく見慣れた学園のトレーニングコースが、がらんと空隙を広げたまま、帰るものたちを待っているだけの風景。

それでも。

学園内にひとり残ったウマ娘は、身じろぎひとつせぬまま、からっぽのターフをずっと見つめ続けていた。

5

クラシック三冠の三つめにして、トリを飾る大一番、菊花賞。

距離は、クラシック最長の三〇〇〇メートル。

クラシック世代が初めて挑む長距離戦には、速度のみならず、この距離を走りきるだけのスタミナが要求される。

〝最も強いウマ娘が勝つ〟と称される所以だ。


十月末のその日、京都レース場は小雨。

湿ってはいるものの「良」判定のまま発走を迎えた芝の上を、十五人のウマ娘たちが走っていく。

『先頭はあらかじめ逃げ宣言をしていましたアワーモナーク。少し距離が空いて中団、アイルランド生まれのアウラマーブルは4、5番手──』

一周目の正面スタンド前。

目の前を通過していくバ群に、数万人の大声援が沸き起こる。

(ペースが遅ぇ。みんな温存してんのかもしれねーけど)

定石どおり中団に控えたポッケは、頬を叩いていく弱い雨滴の向こう、先頭のウマ娘の背中をうかがう。

意図的に先行した彼女が、全体のペースを抑えている。バ群はかなり詰まり気味で、仕掛けるタイミングを見誤ったら最後、抜け出ることは叶わなそうだ。

（いいぜ、好きにやれよ。どんな展開にされたって、最後に勝つのはこの俺だ）

ほかがどう動こうと関係ない。

自分の脚を最大限に生かせるタイミングで行くだけだ。

コーナーを曲がって向こう正面へと流れていく背中に、観客席からの声と視線が降り注ぐ。

あの歓声の中にいるのか。それともトレセン学園の研究室から、モニタ越しに観戦しているのか。

どちらにしても、タキオンは必ず観ている。

（〝最強〟の走りを、見せてやるぜ。タキオン……！）


『ダービーウマ娘ジャングルポケット、依然としてものすごい気合であります。内々を通ってマンハッタンカフェ。そしてダンツフレームはなんとシンガリ――』

数人前にポッケ、そして背後にダンツの気配を感じながら、カフェは進む。

コースを走りきるだけでせいいっぱいだった今までと違い、今日は不思議なぐらい、全体の様子が見渡せた。

中団はお互いの出方をうかがってバ群が詰まったまま、隙間がない。

ダンツが最後尾をとったのも、バ群を嫌ったためだろう。自分の末脚を信じて最後の直線勝負に持ち込み、一気に先頭に躍り出ようという作戦か。

(……ならば。私は)

思い定めたレース展開。

最後まで走り切れる公算が、カフェの中には明確にあった。

もう、夏前までのひ弱なウマ娘ではない。

しっかりと筋肉もつけて体重を戻した。鍛えられた肉体は、カフェの思いに着実な手応え(てごた)えを返してくれている。

(私は、走れる)

ペースをあげる。

徐々に、徐々に――バ群の横を擦り抜けて、進路を前へとっていく。

埋もれないように。

〝その瞬間〟に、一気に勝負に出られるように。

初めて三〇〇〇メートルの長距離に挑んだウマ娘たちは、超スローペースのまま、第4コーナーのカーブへと向かっていく。

　バ群がさらに詰まっていく中、互いに仕掛けどころを探り合う。

『先頭は依然としてアワーモナーク逃げる逃げる！　そして外からはアウラマーブル、ジャングルポケットもようやく中団から先団へ接近、差を詰めてきた！』

　カーブを越えて、直線へ。

　のろのろとじれったいレースも、ついに終盤を迎える。

（行くぜ……！）

　ギラリと瞳を煌めかせ、ポッケは地を蹴りつけた。団子のように固まった集団の、外側を大きく廻って前へ出る。

　距離のロスはもちろんある。

　けれど、それを補ってあまりある末脚が、ポッケにはある。

（見てるか、タキオン——!!）

　直線になだれ込んだ一同の姿に、ドウッと観客席が沸き立つ。

　先頭を行くのは、先行策をとってペースを抑え続けてきたアワーモナーク。脚はまだ衰えておらず、ぐんぐんとゴールへ伸びていく。

残りおよそ一〇〇メートル。

間に合わない、と動揺する観客のどよめきが響く。

『アワーモナーク逃げ切ってしまうぞ！　外からアウラマーブル！　さらにダービーウマ娘ジャングルポケット！　大外からジャングルポケット――！』

シッポを振り立て、猛然と直線を突進していくポッケの姿に、実況から悲鳴のような声があがった。

激しく呼吸を継ぎながら、ポッケは走った。

じれったいほど距離が縮まらない。それでも少しずつ、少しずつ、先頭の背中は近づいてきている。

もう少し。あと少し――

『マンハッタンカフェ！　マンハッタンカフェです――！』

漆黒の影が、どっと右手を擦り抜けた。

愕然(がくぜん)と視線を向けたポッケを置き去りにして、カフェの背中はあっと言う間に先頭へと迫っていく。

いつものように『お友だち』がそこにいた。

まっすぐ正面だけを見つめて走るカフェの視界には、先頭でこのレースを引っ張ってきたウマ娘も、後方に置き去りにされた者たちの姿も、まるで映ってはいなかった。

ただひたすらに、はるか先を疾走する影を追う。

カフェとよく似た漆黒の髪をなびかせ、導くように走っていく『お友だち』。

そして——つかの間、幻視する。

春の曇天の下、そのすぐ側にまで迫っていった、光を超えるようなあの走り。

『お友だち』に並びかけようとする白衣の背中。

『君をそこまで魅了する「彼女」、私も一度はこの目で——、いや、どうせなら追い抜いてみたいな』

タキオンは別に、本気で言ったのではないのだろう。

それはいつもの不愉快なジョークに過ぎず、意図があったとしたら、単にカフェを煽(あお)って苛立(いらだ)たせたいだけ。そうやってカフェの感情をかきたてた先にある何かに、タキオンはひどく興味を抱いているようだった。

カフェの方も、タキオンが血道をあげている研究だの実験だのに関心はない。同じ部屋を分け合ってはいても、互いに干渉するつもりはない。
　好きにすればいいと思っていた。
　走ろうが、走るまいが。
　どこへ行こうが、行くまいが。
　――けれど。

『だって……、皐月賞の時のタキオンちゃんは〝違った〟もん』
『あの時のタキオンちゃんは、全力で勝とうとしていた。自分が勝つところを、わたしたちに見せようとしていた』

さんざんかき乱すだけかき乱して、カフェの一番大切なモノを踏みにじって。
あの場にいたウマ娘たち全員に、強烈な残光だけ灼きつけて。
すました顔で、勝負を下りたと言い切って――
(……ふざけないでください)
勝ち逃げなど許さないと、ポッケは吼えた。
もう一度一緒に走りたいと、ダンツは寂しくうつむいた。
カフェはあの二人ほど優しくはない。

追わないし、待たない。

今日もどこかから、タキオンはこのレースを観ているのだろう。研究者ぶった上から目線で、自分だけは傍観者のようなフリをして。

（だったら……、私が、見せつけてあげます……！）


全速力に、鼓動が激しく打つ。

息を荒らげながらも、カフェの脚は止まらない。夏前のような、走るにつれて全身の力が抜け出ていってしまうような感覚は、もうなかった。

走れる。

私は、走れる！


はるか先を往く漆黒の影が、一瞬こちらを振り返って微笑んだ、ような気がした。


『ジャングルポケット追いかける！　しかし！　マンハッタン、アワーモナーク、マンハッタン！　マンハッタン――!!』

同期たちがじりじりと追いすがってくる気配を感じた。

だが、間に合わない。

直線のど真ん中を突き進みながら、カフェは瞳を見開いた。

(私は、追いついてみせます……!! アナタが永遠に届くことのない、この先に!!)

『マンハッタンカフェ! 並んでかわしてゴールイン——!!』

ゴール直前。

先頭を守り続けたアワーモナークをついに抜き去って、カフェはゴール板を走り抜けた。

C

京都レース場の観客席は、大揺れに揺れていた。

クラシックの前二戦には出走もしていない六番人気のウマ娘が、ライバルたちを下して勝利を収めたのだ。

『なんと差し切ったのはマンハッタンカフェであります! アウラマーブルも、そしてダービーウマ娘ジャングルポケットも、ダンツフレームも、まとめて負かしました——!』

苦しい呼吸に喉を喘がせながら、ポッケは掲示板を見上げた。

ジャングルポケットは、4着。

最強どころか、完敗だった。

夏以降のカフェが着実に力をつけていたことは知っていた。菊花賞の三〇〇〇メートルが、長距離を得意とするカフェに有利な舞台であることも。

遅れてやってきたステイヤーは、じっくりと磨きあげた実力を存分に披露して〝最も強いウマ娘〟の称号をもぎ取った。

それに引き換え、今日のポッケは――長距離でのペース配分、仕掛けのタイミング、どこをとっても悔いる局面ばかりだった。

未熟だ。あまりにも。

(こんなんで引きずり出せるかよ……、あいつを……)

自らを叱咤(しった)するように、勢いよく顔をあげる。

そして、気づいた。

観客席からタキオンがターフを見下ろしていた。

「――ッ……！」

息を止めたのも一瞬、ポッケはすぐに、タキオンの視線が自分をすり抜け、背後に向けられていることに気づく。

振り返ったそこには、漆黒の姿があった。

「カフェ……」

カフェもまた、ポッケを見てはいなかった。

深く煌めく黄水晶の瞳が見据えているのは、観客席から見下ろす紅い瞳。

互いに、笑顔ひとつない。

冷たく凍てついた炎のような視線でカフェはタキオンを仰ぎ、タキオンは輝きのない茫洋とした眼でカフェをとらえている。

交錯は刹那。

そして、同時に背を向けた。

カフェは地下バ道の方へ、タキオンは出口の方へ。別れていくそれぞれの背中を見送って、ポッケはかたく拳を握りしめた。

（あぁ……、マジで……！　しっかりしろ、俺!!）

ぐいと空へ瞳をあげて、大きく息を吸い込む。

負けて足を止めるようでは、舞台にあがる資格もない。

強くならねば。もっと。

今度こそ。

6

「ジャパンカップ……」

「国内のみならず、各国から招待された有力ウマ娘が参戦する国際レースじゃ。クラシック級、シニア級混合のトップランカーが集う、最高峰のレースの一つじゃな」

菊花賞での敗北から一夜明けての、タナベの部室。陣営は早くも次の目標へ向けて、作戦会議を始めていた。

迷うことなく前へ進み続ける思いは、タナベもフジキセキも同じだ。

真剣に見据えてくる二人を前に、ポッケは詰めていた息を吐き出した。

「……そうだよな。いつまでも、負けて落ち込んだままじゃいられねえ」

クラシック戦線は終わってしまった。

三冠を目指して走り出したポッケがつかんだのは、最終的には一冠だけ。

ダービーウマ娘の栄光は唯一無二のものではあるが、タキオンをも超える〝世代最強〟を名乗るには、この結果だけではとても足りない。

挑み続けるしかない。

世代最強が叶わないのなら、目指すは時代の最強――

「世界中から強ェヤツが集まってくるレースか……。世界のトップに立ったってんなら、そりゃ間違いなく〝最強〟だよな……！」

沈み込んでいた気持ちに、ゆっくりと火がついていく。

世界最強。

単純にして明快な、最高の〝強さ〟を示す言葉に、胸がざわめく。

「わかった。次はジャパンカップだ！　俺が世界一のウマ娘になるとこを、タキオンのヤツにもがっつり見せつけてやる！」

「落ち着け、ポッケ。軽々しく言うでないぞ」

椅子を蹴って立ち上がり、拳を突き上げたポッケに、タナベが苦虫を噛み潰した顔で言う。

「わかってるって、ナベさん。俺だって簡単に勝てるなんざ思っちゃいねえよ。百戦錬磨の猛者どもが、ぞろぞろ出てくんだろ？」

「もちろん出走するのは強敵ばかりだし、そもそも経験の浅いクラシック級のウマ娘がシニア級に勝つのは、相当厳しい話だよ」

水を差されて頬を膨らませるポッケをなだめながら、フジキセキが冷静に解説してくれる。

「それに今年は、あの子が出てくるからね」

「あの子？」

「テイエムオペラオーじゃ」

重々しく告げられた名前に、ポッケも思わず呼吸が詰まった。


百戦錬磨の絶対王者、テイエムオペラオー。

歴代ＵＲＡ重賞最多勝利タイ。

昨年のシニア級王道ＧⅠ、完全制覇。

ウマ娘の歴史に不朽の大記録を刻んだ、最強の覇王——


昨年の有馬記念。まさにこの部屋で観戦したレースの光景は、ポッケの脳裏にも強烈に刻み込まれている。

ゴールまで残り二〇〇メートルを切ってもあきらめることなく、幾重にも囲まれたバ群を突き破って勝利をもぎ取った、すさまじい闘志——

「経験の浅いおまえなど、簡単に吹き飛ばされてしまうぞ」

ポッケはごくりと唾を呑みこんだ。

勝てる、などと軽く口に出せるような相手では、絶対にない。

（……けど。それでも――）

最強に勝てれば、それはまぎれもなく〝最強〟だ。

PHASE: 5

1

ジャパンカップ。

世界各国から招待された海外ウマ娘と、国内トップクラスのウマ娘、合計最大十八人で競われる、国際招待競走である。

日本最初の国際GⅠとして特別な位置づけをなされており、国際的にも評価は高い。

その舞台となるのが、東京レース場、芝二四〇〇メートル。

ゆるやかなアップダウンと大回りのカーブに、ゴール前に控える五〇〇メートルを超える長い直線。

その直線の前半に待つ最大の試練、高低差二メートルにも及ぶ上り坂。

スピード、スタミナ、瞬発力……すべての能力を試されるこのコースでは、まぐれ当たりで勝つことはほぼ不可能だ。

真の実力をもったウマ娘だけが栄光をつかめる、まさに〝最強〟を決定するのに、最もふさわしいチャンピオンコース。

そしてそれは、日本ダービーとまったく同じコースでもある。


一度は制したその舞台に、ジャングルポケットは再び挑む。

世界の強豪を相手に。

百戦錬磨のシニア級たちを敵にして。

昨年度無敗の覇王という最大の壁が立ち塞(ふさ)がる前で――

「俺が！　この時代最強のウマ娘になってみせる!!」

〇

負けるために走るウマ娘など存在しない。

ほかの参戦者たちも想いは同じ。それぞれに勝ちたい理由を抱え、トレーニングを重ねて、ただひとつの栄冠を目指して駆ける。

成田(なりた)空港には、各国からのウマ娘が続々と降り立っていた。

アメリカより四名。イギリス、ドイツ、香港より各一名ずつ。

いずれもその実力と将来性を認められたつわものばかり。アウェーの空気などものともせず、強烈なバイタリティを発揮して戦いに挑む。

国内のライバルたちもまた、迫るその日に向けて調整に余念はない。

例えば、ナリタトップロード。

かつての菊花賞ウマ娘は、その後の同世代たちとの戦いでは何度も苦戦を強いられ、悔し涙を飲んできた。

この一年も道程は険しく、春の阪神大賞典でレコードを叩き出して勝利するも、その後の天皇賞（春）では二年連続の3着——

「悔しい思いは、何度も、何度もしてきました。でも、私はあきらめません。だって、私には、ずっと応援してくれている大切な人たちがいますから……！」

秋風渡る、トレセン学園のトラックにて。取材クルーのカメラの前、亜麻色の髪をなびかせたトプロは、真摯に想いを語る。

その瞳はいつでもまっすぐで、ブレない。

大切な人々から受け取った思いをくるんであたためるように、胸の前でしっかりと手を組み合わせて、明るく顔をほころばせる。

「デビューの頃から応援してくれている人たちもいます。勝てなくて、何度もふがいない姿を見せてしまって……、悔しくって泣いちゃった時も、みんなはずっと私を信じて、待っていてくれた。私の走りを見ると元気になるって言ってくれた人もいたんです。だったら、私だって……！　いつまでもめそめそなんて、していられないじゃないですか……！」

振り返る視線の先には、穏やかに見守るトレーナーの姿。少し照れたように帽子を直して頷く姿に、トプロも大きく頷き返す。

今度こそ。——何度でも。

「応援してくれた人たちのために。私の走りを信じてくれるトレーナーさんのために。みんなの声に応えてみせます！」

あるいは、メイショウドトウ。

クラシック三冠には出走できず、いわば埋もれた存在だった彼女は、シニア級に移ってから一気に実力を開花させた。

怒濤の年間無敗ロードを突き進むテイエムオペラオーの背中を追って、しのぎを削り合う勝負の数々。覇王と互角に渡り合い、けれど、昨年は結局一度もオペラオーに勝つことはできなかった。

けれど、明けての今年、宝塚記念。

驀進を続けて来た無敵の覇王を、ついにドトウが破ったのだ。

「た、宝塚記念は、マグレじゃなかったって、しょ、証明したいんです。わ、私ずっと、オペラオーさんに憧れてて……、だからっ……！」

一生懸命、気合も充分。

秋色に染まったトレセン学園の中庭を、散策しながらのインタビュー撮影。

周囲に控えるカメラクルーの存在にカチコチになりながらも、オペラオーへの思いを語り始めれば、ドトウの舌は止まらない。

「わ、私自身がまだ、自分の力なんて信じてもいなかった頃から……、オペラオーさんだけは、言ってくれたんです。私もいつか、オペラオーさんやほかのみんなと競い合う、ライバルになる日が来るって……。その時は……ぜんぜん、そんなこと想像もできなかったけど、でも……！　やっと、やっと私も、みんなに、オペラオーさんに追いついて、だから——きゃあああっ⁉」

緊張と昂揚と、オペラオーへの思いでいっぱいいっぱいになっていたドトウは、何にもない真っ平らな中庭の歩道で、思いっきりつまずいた。

顔面から地面にダイブしていったドトウの姿に、インタビュアーもカメラクルーもびっくり仰天、辺りは騒然となる。

「だっ……、大丈夫ですかドトウさんッ⁉」

「すすみませんすみません……！　平気ですいつものことですからっ……、ごめんなさい……！」

　おでこの真ん中に真っ赤な痕を残したまま、ドトウはぺこぺこと四方に平謝り。

　ひとふさ白い前髪をふわりと揺らし、まだ困惑に固まっているクルーたちへ、懸命に笑顔を向ける。

　どんなにコケてもへこたれない。

　あの輝きに追いつき、追い越すまでは――

「ジャパンカップは、ぜったい、勝ちますっ……！　オペラオーさんにとって恥ずかしくないライバルに、私も必ず――きゃあああっ!?」

「ドトウさーんっ!?　しっかりしてくださいっ、ドトウさぁぁん――!!」


　そして、すべての出走ウマ娘たちの視線の先にいる、覇王。

　トレーニングを終えて寮へ戻ろうとしていたテイエムオペラオーを、今日もマスコミ各社の記者たちが取り囲む。

「ジャパンカップに向けて、意気込みを聞かせて下さい！」

「覇王の輝きを待ち侘びる民よ！　日々新たに昇る太陽のごとく、ボクの走りはとどまるところを知らない。勝利の栄光はあまねく天地を照らすだろう！」

　明るく日のさす空を指して、オペラオーは謳（うた）う。

　受け答えとして成立しているかどうか、だいぶ微妙なやりとりだが、〝オペラオー番〟の記者たちにとってはこれが平常運転である。

「国内外の有力ウマ娘たちに加え、ダービーウマ娘のジャングルポケットさんも出走を表明しましたが！」

「新たなる宿敵（リヴァル）の台頭！　嗚呼（ああ）、素晴らしいね！　ボクたちの舞台には多彩な役者が絶え間なく現れては、この世界の誰もが未（いま）だ知らない筋書き（シナリオ）を綴（つづ）っていく。そう……、ボクたちウマ娘は、決して独りだけでは強くはなれないのだから――」

　それは、彼女がクラシック級にいた頃から変わることのない持論。

　あの中山で。あの東京レース場で。あの京都で。

　互いにぶつかり合い、時に涙し――三つの冠を分かち合った後も、彼女らは高みを目指し、競い合い続けてきた。

　追い、追われ、さらに追い続けることでしか、たどり着けないその境地。

〝Eclipse first, the rest nowhere.（唯一抜きん出て並ぶ者なし）〟

「古き者も新たなる者も、等しく栄冠を目指す！　その先にこそ、我々が望む真の頂が――未だ誰も到達し得ぬ舞台（ステージ）が輝くのさ!!」

2

　春はいっぱいの桜が舞っていた多摩川の土手も、十一月に入ったいまは紅葉の季節を迎え、染まりかけの木々の葉が青空に美しい。

　トレセン学園の生徒たちにとっては定番のランニングコースでもあるその道に、今日も元気な声が響く。

「ほれほれ、何をへばっておる⁉　まだ走り始めたばかりじゃろうが！　おまえたちもトゥインクル・シリーズを目指すのじゃろ？　そんなていたらくでは、いつまで経ってもポッケには追いつけんぞい！」

「ふぁいおー……、ふぁいおー……、ふぁいおー……」

　スクーターを走らせながら励ますタナベの前、息も絶え絶えに走っているのは、フリースタイル・レースではポッケと同じチームに所属していた、ルー、シマ、メイの三人組である。

　ポッケの活躍を応援しているうちに、彼女らはすっかりトゥインクル・シリーズの魅力にとりつかれてしまったのだ。

『フリースタイルのワイルドなノリもいいけどよ、トゥインクルのガチ感っての？

やっぱレベチよなって。マジヤベェ連中がシノギ削っててさ、あのヒリつく感じがたまんねぇっつか！』

『ポッケさんの見てる世界、オレもこの目で見てみたいっス!!』

『ウマ娘に生まれたからには、一度ぐらいでっかいドリーム追っかけても、バチは当たんねぇぜ！』

そうと決まれば、チャレンジあるのみ。

相談にやって来た三人を、タナベは快く受け入れた。来春のトレセン学園入学を目指して、現在はタナベが個人的にトレーニングを見てやっている。

イチから鍛え直されて毎日フラフラになりながらも、さすがにそこはポッケの元チームメイト、スパルタ特訓にもよく耐えてついてきている。

(来年からはウチの部室も、だいぶ賑やかになりそう)

メガホン片手にスクーターから身を乗り出すタナベの姿に、最後尾について走っていたフジキセキは、ひとり頬をゆるませた。

独りきりの部室で古いトロフィーばかり眺めていた老人は、もういない。

ポッケがトゥインクル・シリーズに入ってきて——そこから、みんなの運命が少しずつ動き出している。

「こりゃ、フジ！　おまえものんびり眺めておる場合ではないぞ。ブランクを取り戻さねばならんのだからな。あやつらに先輩の格を示してやらんか！」

「あはは……、こっちに矛先が向いちゃったかぁ」

威勢のよい叱声に首をすくめ、フジキセキはペースをあげた。

空の下、まっすぐ延びる多摩川の土手。そのはるか先に、先行していったポッケの姿が小さく見える。

「じゃあ私は、ポッケに併走してあげようかな。ナベさん、みんなも悪いけど、ここはお先に——、……っと」

追いかけようとしたその人影に、土手の下から近づいていく複数の人影があるのを認めて、フジキセキは瞬いた。

「どうした？」

「……ふふ。どうやら、私の出る幕じゃなさそうだね」

不思議そうに振り返ったタナベをよそに、フジキセキは眩しげに目を細めた。

C

小春日和の日ざしが、背中に少し熱い。

滲む汗を拭って、ポッケはひた走る。息を吸い込み吐き出しては、脚を前へと送り出す。

土手の上は見晴らしがいい。ゆったりと流れる多摩川の広い河川敷に、寄り添うように延びる長い遊歩道は、空まで果てなく続くようだった。

どこまででも走っていけるような感覚。

先へ先へと急ぐ気持ちに、追いつけない身体がじれったい。大声で叫び出したくなるようなこの興奮を、ポッケはよく知っていた。

近所の原っぱを駆け回っているだけで楽しかった、幼い頃。

フリースタイル・レースと出会い、初めて〝走り〟を覚えた頃。

トレセン学園に来て、トゥインクル・シリーズのウマ娘たちとともに、本格的なトレーニングを始めた時も――


（ああ、そうだ……！　俺は〝最強〟になる……!!）


ジャパンカップへの出走を決めてから、ポッケは何度もオペラオーのレースシーンを観返した。そのすべてに、すさまじい強さで君臨する覇王の姿があった。

どれほど包囲されようと、必ず道を切り開く。

追いすがられても最後は必ず、振り切って先に立つ。誰よりも速くターフを駆け抜け、着実にゴールを狙い撃つ。

その強さに驚嘆し、恐れ、震えつつも——同時に、どうしようもなく血がかきたてられた。

あの走りに追いつきたい。

勝ちたい。

どれだけ無謀な挑戦であろうとも、走れる脚がここにあるのなら、指をくわえて眺めているだけなんてあり得ない。

（なァ、そうだろう、タキオン？　お前だって本当は……）

皐月賞の日に味わわされた、灼けるような思い。

それを今度は、タキオン自身に思い知らせてやる。

あの白衣の背中を振り向かせる。タキオンの胸の奥にも隠されているはずの本能を、ポッケの走りで引きずり出してやるのだ——


「なんだか楽しそうだね、ポッケちゃん」

「一人で走りながら、ニヤけ笑いを浮かべていましたが……、なにか見えているのかと、思いました……」

声とともに、併走してくる人影がふたつ。

ジャージ姿のダンツフレームとマンハッタンカフェが、しれっとポッケに並んで走っていた。

驚きと気恥ずかしさで耳をバタつかせながら、ポッケは怒鳴り返した。

「ニヤけてなんかねーよ！　気合入れてたんだよジャパンカップに向けてよォ！　お前らもイメージしてみろって、俺があの覇王をブッちぎって先頭立って、最強の脚を見せつけて勝つトコを――」

「妄想して、ニヤけていたというわけですか……」

「ちげーっての!!　てかお前ら、何しに来たんだよ」

完全にからかう目になっている同期たちを、じとりと睨むポッケ。

くすくす笑いをおさめたダンツが、少しだけ真面目な顔になる。

「もちろん、トレーニングだよ。わたしは今週末、マイルチャンピオンシップがあるし。どうせだったら併走、つきあってあげようかなって」

「私も、有馬記念に向けてのトレーニング中です。アナタがどこまでついて来られるのかは、わかりませんが……」

えへんと胸を張ったダンツと、いつもどおり淡々と無表情なカフェ。

上から目線で煽ってくる言葉とは裏腹に、同期たちの瞳はどこか、優しい。

はん、と鼻を鳴らしたポッケは、道の先へと向き直りつつ声をはりあげた。

「言ったな？　先にへばったりしやがったら許さねーぞ！」

ダンツが挑むマイルチャンピオンシップ。

ポッケが挑むジャパンカップ。

そして、カフェが挑む有馬記念で、年内のトゥインクル・シリーズはほぼ終了する。

短い冬休みを経たあと、一同はシニア級に移り、歴戦の猛者（もさ）たちが待ち構えるレースへと挑んでいくことになる。

「クラシックでは一度も勝てなかったけど。まだまだ、あきらめるつもりはないんだ。わたし自身が信じて進もうとしなければ、チャンスにだって出会えないもの」

優しい横顔にひたむきな意志を乗せて、ダンツは走っていく。

引っ込み思案な性格は、ポッケたちのような個性強めのメンバーに流されてしまうこともたびたびだが――芯（しん）のところは、決して揺るがない。

その固い意志に負けないよう、ポッケはわざと軽いノリで返してやる。

「まァ正直言って、クラシック三冠は俺らがちょおッとばっかし強すぎちまったからなァ……！　ダンツは同期運がなさすぎたっつーことでェ～」

「あーっ、まぁたそういうこと言って～。ポッケちゃんかわいくなぁい」

「一冠しか獲っていない身で、よく言えましたね……」

「なァッ!?　お前も一冠だろーがよ、カフェ!?」

「はい。ただ、私はそもそもクラシックレースは一戦しかしていませんので、勝率で言えば百パーセントになります……」

「むきーーーーー!!」

語彙を失って吼えるだけになったポッケをどうどうとなだめつつ、ダンツがカフェに視線を向ける。

「有馬記念も大変だよね。出て来る人たち、みんなすごいウマ娘ばっかりで」

「……はい。ですが、負ける気はしません」

決して声高には主張しない代わりに、何者にもかき消されることのない、しっかりと強い声で。

言い切ったカフェが、アナタも、とポッケを見やる。

「ジャパンカップは必ず、勝ってください。私たちの世代の代表として……」

「うん。わたしたちの強さ、みんなに教えてあげて」

ダンツも真摯に、ポッケを見つめる。

二人の視線を受け止めて、ポッケは行く手へ脚を踏み出した。

「おう！　任せとけ！」

雲ひとつない晩秋の空の下、道ははるかに続いている。

河川敷に設(しつら)えられた休憩スペースで、タナベたちはいったん身体を休めていた。

ぐったりへたり込んだルーたちに給水させ、自分も水分補給をしながら、フジキセキは土手の上の道を眺める。

先行したポッケと、それを追っていったダンツとカフェの姿は、とっくに見えなくなっていた。

「同世代のライバルって、やっぱり特別だよね」

懐かしむように細められる湖水の瞳に、スクーターにもたれたタナベも頷(うなず)く。

自分も倣うように道の先を眺めやりながら、熟練のトレーナーの瞳に浮かぶのは、かすかな心配のいろ。

「……タキオンは実際、どうするつもりなのかのう。ポッケのヤツはどうしても、彼女をトゥインクル・シリーズに呼び戻すつもりのようじゃが……」

「どうだろうね。タキオンもなかなか難しい子だし、一筋縄じゃいかないだろうけど」

いったん言葉を切ったフジキセキは、青空を仰いで、何かの光景を思い返しているようだった。

「まったく不可能、ってワケでもない気がするんだ。何となく、直感だけどね」

「ふむ……？」

「日本ダービーの会場に、タキオンは来ていた。私はちらっと見かけただけだったけど……、ポッケが勝って、レースが終わったあと。タキオンの様子がいつもと違っていたように思えたんだ」

先頭で駆け抜けていったポッケの、勝利に激情したような雄叫（おたけ）び。

その走りを見届け、声を聴いたタキオンの心中には、いったいどんな思いが去来していたのだろう。

「ウマ娘を動かすことができるのは、同じウマ娘の走りだけだからね」

3

『ジャパンカップの大本命はやっぱり、覇王テイエムオペラオーしかあり得ないと思いますね。昨年も盤石の走りでしたし、たとえ海外勢が相手でも覇王の輝きに曇りはありませんよ』

『そもそも覇王世代そのものが強いんですよね。宝塚記念ではメイショウドトウが悲願のＧⅠ勝利を遂げていますし、ナリタトップロードも安定感のある走りを見せています。展開次第では彼女らにも充分にチャンスはあるかと』

小型のテレビから垂れ流される有識者たちの会話と、時折キーボードを叩く音。傾きかけた午後の日ざしに染まった窓からは、グラウンドでトレーニング中のウマ娘たちの声が淡く響いてくる。

理科準備室のいつものデスクで、タキオンはジャパンカップの特集番組を聞き流しながら、PCのモニタに向かっていた。

トレーニングに出ているのか、カフェは今日もこの部屋には来ていない。ここ数日、姿を見ていないような気がしたが、明確には記憶がない。

レースから離れ、学生としての生活も放棄して研究に没頭しているタキオンにとって、周囲の世界はひどく曖昧なものになりつつあった。

いつ日が移り、いつ季節が変わり、誰がここに来て、誰が去っていったのか。

(まあ実際、どうでもいい。そんなことは)

砂糖を飽和状態にまで溶かしこんだ紅茶を、ひとくち。

糖分によって活性化された脳髄は、目の前のデータを効率よく処理していく。

『後進の世代についてはいかがでしょう。まずはクラシック級、今年のダービーを制したジャングルポケットですが』

『ダービーは強い勝ち方でしたし、オペラオーに続く二番人気に挙げられています。

ファンの期待はかなり高いですよ！』

『ただ、直前二戦は落としてますからね。菊花賞は距離適性もあって、完全にマンハッタンカフェの後塵を拝していますし、果たしてどこまで走れるか……』

過ぎてゆく日々の風景には無頓着でも、レースのスケジュールだけは忘れない。

〝プランB〟に関係するウマ娘たちの動向は、すべて完璧におさえている。レースに出るなら当日のデータはもちろん、レース前からその後のケアに至るまで、手に入れられる限りの情報を揃えて分析にあたってきた。

『ジャングルポケットが勝った場合、クラシック級でのジャパンカップ制覇はエルコンドルパサー以来の快挙になりますね』

『そうですね。ここはぜひ覇王の胸を借りるつもりで、新しい世代の力を存分に発揮してもらいたいものです！』

画面の中、期待に瞳を輝かせて語る出演者たち。

情報に目新しいものはなかったが、いまの言葉にだけはタキオンも同意する。

ポッケがオペラオーに勝つかどうかは――はっきり言えば、どうでもいい。肝心なのは、覇王への挑戦に向けられる強靱な意志と、積み上げられた努力がもたらす結果の方だ。

偉大なる覇王との戦いの果てに、ポッケはどこまで磨かれるのか。

くっ、と思わず、肩が震える。

「クク……、フフフ……！　あはははは……！」

声になった感情は、いったんこぼれてしまえば止めることは難しかった。

タキオンは勢いよく立ち上がった。爆発的にこみあげてきた悦びを発散するように、高らかに哄笑しながら両手を広げる。

「ああ、君たちは本当に最高のモルモットだよ!!　すべては予測通り……、いや！　私の予想をはるかに超える、見事な成果だ!!」

モニタでは幾つもの再生窓の中で、彼女らが走っていた。

タキオンが去ったのちのレースを走る同期たち。

よく走ったレースもあったし、残念ながら結果に結びつかなかったレースもあった。内容にそれぞれ差はあれど——ひとつひとつの勝敗の積み重ねはやがて、たったひとつの光景へ収束していく。

映像データの隣に並んでいるのは、タキオンの手による分析データ。それらはどれもが、彼女らの急速な成熟ぶりを示していた。

(春の時点では、可能性はほとんどゼロと言っても過言ではなかった)

いくぶん笑い疲れて着席したタキオンは、再びカップを手に取った。

甘い甘い液体が口内に拡がるのを楽しみながら、急角度で上昇していくグラフの列を満足げに見渡す。

こんなにも早く、目に見えて結果が現れるとは予想もしていなかった。

皐月賞で、タキオン自身が仕掛けた狂気の残光。

その煌(きら)めきに追い立てられた同期たちは着実に、タキオンの求める領域へと近づきつつある。

ウマ娘の本能が指し示す、果ての風景。

その肉体(プランA)が到達し得る最高点の、さらに先の世界。

自らの脚ではたどり着くことのできなかったその領域へ、彼女たち(プランB)は、いずれ到達するだろう。

レースから降りた、タキオンの代わりに。

「……そうだ。彼女らは、届く……──」

ぽつりと、言葉が唇からこぼれ出た。

紅茶の甘さが急に口の中に残った気がして、タキオンはカップを置いた。少し冷め始めてしまっていたかもしれない。

モニタの中では、同期たちが走っている。

春の頃、タキオン自身が楽々と背後に置き捨てたあの頃とは見違えるような走りで、彼女らは走っていく。

自らの可能性を証明するかのように。

「あいっかわらず、引きこもってんのな、お前」

予想もしていなかった声が背後で響いて、思わず肩が揺れた。

振り返ったそこには、呆れ顔をしたポッケが立っていた。ノックを聴いた記憶はないが、していたところでタキオンはさっぱり気づきもしなかったから、勝手に入ってきたのかもしれない。

「教室にもちっとも出て来ねーしよ。研究だか何だか知らねーけどさ、ちっとは外に出ねーと、しまいにはカビ生えてくんぞ？」

ずかずかと踏み込んでくる姿を、一瞬は唖然と見守ってしまったタキオンだが、すぐに気を取り直して立ち上がった。

訪問の理由は見当もつかないが、せっかく観察対象（モルモット）が自ら出向いてきたのだ。利用しない手はない。

「いいところに来てくれたね。実は先日試作品が完成した、新機軸のトレーニングアイテムがあるんだ。装備するだけでトレーニングの効率が三倍もアップする電磁ベルトだ！　君もぜひこれで覇王オペラオー対策を――！」

「いらねーよ！　てか、そーゆーのは自分で試せ！　お前だって一応ウマ娘なんだからさ！」

テンション高くつきつけられた特製ベルトを、ポッケは一も二もなく突き返した。

言った本人は気づいてもいないだろうが――なかなかに、クリティカルなところを衝（つ）く一言だった。

ベルトを手にしたまま、タキオンはごく薄く笑った。

「……試して来たがゆえ、だよ」

ポッケは知るわけもない。

これら珍妙なアイテムの開発研究が、元々はタキオン自身の脆（もろ）い脚を補いつつ〝プランA〟を達成するために始められたなどとは。

けれど、それも過去の話だ。

タキオンの目の前にはいま、理論どおりに導かれ、最終局面を迎えようとしている、最高の観察対象(モルモット)がいる。

「おもしろいデータが得られそうだったのだがね、実に残念だ。このベルトはあとでダンツにでも試すとして——ジャパンカップへの手ごたえはどうだい？　日本ダービーは素晴らしい走りを見せてくれたし、私としてもおおいに期待している。君は本当に最高のモルモットだからね！」

「……そうかよ」

「そう謙遜(けんそん)せず、誇りに思ってくれたまえ。この私が認めたのだからね、自信をもって挑むといい。実際、君には本当に感謝しているんだよ。私の研究を一歩も二歩も前進させてくれたのだから——」

もちろんポッケはそんな言葉に感銘を受けることもなく、ただ無造作に肩をすくめただけだった。

「こっちは正直、ずっとビビってたけどな。お前の遺(のこ)した幻に」

今度こそ唖然と、タキオンは固まった。

　ポッケの表情は変わらない。

　気負わず自然体のまま、くすりと軽く自嘲してみせた。

「皐月賞のあと、俺はずっとお前の影を追いかけてた。どんだけ走っても追いつける気がしなかった。あんな走りには勝てっこねえ、お前に勝てない限り、俺が最強になることも絶対にねえって……。日本ダービーに勝てば全部ふっ切れるかと思ったけど、やっぱりモヤモヤは消えなかった」

　あれだけタキオンに敵愾心を向けていたポッケが。

　最後にこの部屋を出て行った時には、激情に燃える瞳で捨てゼリフを吐いていったポッケが。

　いまは静かな、けれど確固たる自信を底に秘めた瞳で、まっすぐにタキオンを見つめている。

「この先は違うぜ。俺は進み続ける。挑戦をあきらめたお前には絶対届かない、テッペンへな」

　息を呑んだタキオンを、ポッケの声が射貫く。

　容赦なく。

「ジャパンカップ、見に来いよ。最強の走りをお前の魂に灼きつけてやる」

ポッケが去ったあとも、タキオンはしばらく立ち尽くしていた。

『こっちは正直、ずっとビビッてたけどな。お前の遺した幻に』


こんな未来は、予想にはなかった。

タキオン自身が与えた影響によるものか、多くの敗北と勝利から得た経験ゆえか。経緯は判然としないが、現状はタキオンがシミュレートしてきたデータとは、大きく異なり始めているようだった。

かつてのタキオンが思い描いていた像は、いまのポッケには当てはまらない。

(……まあ、当然といえば当然か)

タキオンは神ではない。この室内から観測し得る情報にも、おのずから限界はある。

ゆえに——そう、これはむしろ、僥倖だ。

タキオンの予想以上にポッケは成長し、そして、新たな世界をタキオンに示そうとしてくれているのだ。

そう理解しつつも、なぜだか、身体の芯には冷たい塊のようなものが残っていた。

『俺は進み続ける。挑戦をあきらめたお前には絶対届かない、テッペンへな』


タキオンの目標は変わらない。

プランを変更しただけで、目指す世界には何ひとつ変わりはなかった。

そして間もなく、その目的は達成されようとしている。

だから——それすら知らないポッケの言葉は、ひどく的外れで滑稽(こっけい)だった。

唇を歪(ゆが)めて、タキオンは嗤(わら)った。


「見せてもらうさ。君が行き着くその先を」

4

風が変わり、木々は葉を落とし、朝夕の気温はぐっと下がった。

宵の訪れが目に見えて早くなれば、冬はもうすぐそこだ。


十一月も終わりのその日。

穏やかな晴天の下、東京レース場に続々と観客が入場していく。

『ジャパンカップ』

世代を超えて激突するウマ娘たちの決戦をその目で見届けようと、集まった観客は十一万人を超える大盛況となった。

『晩秋の澄み渡った晴天の下、ついに決戦の火ぶたが切られようとしています。ジャパンカップ、GⅠ、二四〇〇メートル。出走ウマ娘十五名——』

中継の映像は各都市の街頭ビジョンはもちろん、公共施設や飲食店の大小のテレビ、PCやスマホにも届けられる。

それぞれの場所で、人々が映像へ熱い視線を向ける。

ネットのファンコミュニティでは、すでに実況コメントが走り始めていた。

『日本ウマ娘八名、アメリカ四名、イギリス、ドイツ、香港から各一名、あわせまして十五名。海を越えて集った勇者たちの頂点に立つのはいったい誰か？　大観衆が今や遅しと待ち受けております！』

場内にも響く実況アナウンサーの声に、観客が大きく沸いた。

シニア級の各ウマ娘たちを、クラシック時代からずっと応援してきた人々もいる。

海外からこの一戦のために駆けつけてきたファンもいる。

筋金入りのウマ娘ファンたちから、出走ウマ娘の友人や応援団まで、思いも推しもそれぞれに、熱くその瞬間を待つ。


「気張っていけよォポッケーーッ！　おまえならぜってーやれる！」

「思う存分、ブッ飛ばしちゃってくださいっスーーッ！」

「最強のウマ娘になれんのは、おまえしかいねーぜポッケーーッ！」

今日のために新調した揃いの法被を着込んでバリバリに気合を入れたルー、シマ、メイの三人が声を張り上げる。

そのすぐ隣にはダンツとカフェ。ルーたちの勢いにいつの間にか巻き込まれ、手にはうちわを持たされている。

「が、がんばれーっ、ポッケちゃーん！」

「──あっ、ちょっとそのうちわは違うっスよダンツ姐さん！　その上げ方だと後ろの人が見づらくなっちまうんで！　うちわはこう、胸の前でひとつ！」

「えっえっ、ご、ごめんなさいっ……！　こんな感じ……？」

「そうそうそうっス！　いー感じっスバッチリっスよ！」

「案外、奥が深いものなんですね……」

無表情のまま、ぱたぱたとうちわを扇がせつつ呟くカフェも、意外とこの状況を楽しんでいるようだ。


ヒーローの登場を待つ観客たちの最後方に、タキオンは足を踏み出した。

栗色のショートヘアと特徴的な紅い瞳に、たまに気づいた視線を向けられはしても、日本ダービーの時ほど周囲はざわめくことはなかった。

もちろん当のタキオンは、他人の視線など端から気にも留めていない。

レースの展開を把握しやすい、ゴール正面の位置を選んで立ち止まると、愛用の双眼鏡を取り出した。

胸がざわざわと波立つ。

きっと今日はタキオンの予測を超えた、新しい景色が見られるはずだ。

◯

勝負服の胸元を飾るリボンを、フジキセキが綺麗に結び直してやる光景は、初めてのGIレース以降、すっかり恒例になっていた。

発走直前の控え室。

壁際で腕組みをしたタナベが二人の支度が終わるのを待っているのも、いつもとまったく変わらない。

「この東京レース場は、おまえのホームだ。自信持って、思いっきり走って来い」

「ああ。俺も負ける気がしねえ」

共同通信杯に、日本ダービー。

日本のチャンピオンコース、東京レース場でのポッケは二戦二勝。末脚を生かす長い直線こそ、ポッケの本領を発揮できるコースだ。

ここでならば、必ずやれる。

「君の思いはタキオンにもきっと届く。全力でレースを楽しんでおいで」

結び終えたリボンをぽんと叩いて、フジキセキが微笑む。

きっちりと整えられた結び目の下、胸の内に固めた決意を、この優しい先輩は誰よりもよく知ってくれている。

「ありがとう、姐さん。ナベさんも。……行ってくるぜ」

ニカッと明るい笑顔を二人に向けて、ポッケは扉に向かって駆け出した。

ドアノブに手をかけ、振り返って、最後に手を振る。

「最強になって来ッからな！」

ぱたん、と閉ざされる扉。

フジキセキもタナベも、しばらくその場を動くことなく、扉を見つめていた。

あれからまだ、一年も経ってはいないのに。

数々のライバルと出会い、勝負の場で磨かれていくウマ娘たちは、瞬く間に成長して過去の自分を超えていく。

「……大きく、なったね」

「うむ。ワシもおまえも、負けてはいられんのう……！」

それを見つめてきた自分たちも、また――ポッケに導かれるように、新たな一歩を踏み出そうとしているのだ。

地下バ道に、靴音が響く。

行く手に見える出口からは午後の日ざしが差し込んで、レースの始まりを待つ観客席のざわめきが伝わってくる。

この風景も、すっかり馴染みのものになった。

先輩たちはすでにターフに出てしまったのか、通路に人影はなかった。静まり返った薄暗い通路を、ポッケはひとり歩いていく。

こつりこつりと床を叩く蹄鉄の音に、心臓の鼓動が重なっていく。

（待ってろよ）

ふと、風景が脳裏をよぎった。

阪神レース場の地下バ道。悠然と向けられた紅い瞳。

『お互い今日は頑張ろう。ジャングルポケット君』

瞬きひとつ。

幻はかき消え、まっすぐ瞳を正面に据えたポッケは、薄暗い地下道から明るい芝の上へと歩み出た。

どうっと降り注ぎ、ポッケを出迎える大歓声。

視界を埋めるまばゆい日ざしの下、幾つもの人影が佇んでいる。ポッケの登場を待ちわびていたように、一斉にこちらを振り返った。

海を越えてやってきた、故郷の誇りをかけ挑む各国のウマ娘たち。

互いに幾度となく死闘を繰り広げてきた、シニア級の名だたるウマ娘たち。

そして、先頭に立っていた小柄な栗毛が、背中のマントを翻しながら、まっすぐ手を差し伸べた。

陽光に、頭上の王冠があざやかに煌めく。

「歓迎するよ、最も新しい好敵手（リヴァル）君！　ようこそ、ボクたちの舞台（ステージ）へ！」

ジャパンカップ二連覇をかけてこの場に降臨した、時代最強のウマ娘――テイエムオペラオーが、高らかに宣言する。

「さあ諸君、始めようか！　至高の座をかけて、一世一代の大勝負を!!」


華やかに演奏される東京レース場のファンファーレに、十一万の観客が手拍子を合わせて歓声を送る。

最後の一音が空に流れて消えると、ウマ娘たちのゲート入りが開始された。

ざわざわと落ち着かない観客たちに見守られながら、一人、また一人と枠に収まっては、扉が閉められていく。

『絶対王者が盤石の力を示すのか！　偉大なる覇王を打ち破る者は現れるのか！　互いの意地と誇りをかけて、いま！　決戦の時です！』

すべてのゲートが閉ざされて、係員たちがコースの脇にはけていく。

場内は一瞬、しんと静寂に包まれた。

それぞれの枠内で、ウマ娘たちが思い思いにスタートの体勢をとる。

ポッケも大きく息を吸い込んで、構えた。

スタンドの方は振り返らない。

確かめなくても知っている。支えてくれた人々が、競い合った友人たちが、そこで見守ってくれていることを。

そしてあいつも、必ずそこにいる。

『体勢完了しました。ジャパンカップ——』

一刹那(いっせつな)。

ポッケはぐっと、爪先(つまさき)に体重をかける。

軽やかにゲートが開く。

『スタートしました！』

ドッと蹄鉄が地を踏む音が響くと同時、観客席にも爆発的な歓声が弾(はじ)けた。

十五人のウマ娘たちが、横一列で飛び出していく。

乱れのない綺麗なスタートから、第1コーナーへ。列を形成しつつ向かう一同の先頭に立ったのは、アメリカからやって来たウマ娘たちだった。

『ソノサキヨチ、カムナロク、果敢に飛ばして行きました。アメリカの二人果敢に行きました。３番手ムツカドー、４番手には内に香港のドゥハサハ――』

先行して、全体のペースを握る作戦か。

イタリアとアメリカで二つのＧⅠレースを制した有力ウマ娘が、ゆったりとしたペースで最初のコーナーを突破していく。

海外勢を中心とした一団がそのすぐ後を軽く競り合いながら行き、２バ身ほどの差をつけて中団が続く。

『５番手の集団にバ群の中をついてテイエムオペラオーが控えた好位、５番手の位置になりました』

中心にいるのは、覇王テイエムオペラオー。

海外勢が刻むスローペースに、いまさら覇王が惑わされるわけもない。じっくりと腰を据えて、やがてくるチャンスの時を待つ。

その背中がしっかり見える位置に、ポッケはつけた。

菊花賞と同じミスはしない。遅い展開に焦れて仕掛けを早めれば最後、覇王の脚にとらえられてしまう。

〝その時〟を待つのは、ポッケも同じ。

（覇王が動く、その時こそが俺のチャンスだ……！）

向こう正面へと入っていくバ群を、ポッケの応援団も固唾を呑んで見守る。

「落ち着いてるね。位置どりもいい」

ダンツの傍らに立ったフジキセキが、ぽつりと呟いた。

全体のペースはゆったりと遅く、観客席にはじりじりとした焦燥感が次第に漂い始めていた。

気の短いルーたちなどは、早くも焦れた声をあげている。

「どうなんだコレ？　もうそろそろ前へ出ちまってもいいんじゃねーか？」

「そっスよねぇ。ぐずぐずしてて間に合わなかったら――」

落ち着きのない視線をコースに投げていたシマが、先頭辺りの動きに気づいて、あっと高い声をあげた。

「動いた……！」

『外から一気に、ヴェルラドリナか？　一気にヴェルラドリナが先頭に上がって行きました！』

大外から一気に速度をあげて、一人のウマ娘が突出していく。

中団のポッケも、オペラオーたちも追い抜いた。ペースを作っていた先頭の二人を
も抜き去って、あっと言う間にトップに立っていく。

勢いのある走りっぷりに、場内が大きく揺れる。

抜かれた者たちが速度をあげて、一気にペースがあがる。ここが勝負どころと見た
のか、これまでのゆるいペースを捨てた中団の数名も速度をあげていく。

「やっべえ！　これで流れが変わってくんぞ!?」

「焦んなよ、ポッケ！」

先頭は一気に向こう正面の直線を駆け抜け、東京レース場名物、第3コーナーの大
ケヤキへと向かっていく。
見る間に遠ざかっていく背中を睨んで、ポッケはぐっと脚をこらえた。
（まだだ。まだ、ここじゃない）
つられて前に出そうになる気持ちを抑えて、視線をやる。
オペラオーの背中は、変わらずそこにあった。
先頭集団の動きにもまったく動じず、自分のペースを守って脚を進めていく。

さらにはオペラオーのライバルたちも、中団から後団にかけて、それぞれの位置を保ったまま走り続けていた。

ポッケと並ぶようにして、オペラオーの背中を睨むドトウ。

さらに後方から、じっくりと脚をためているトプロ。

誰もがオペラオーを注視し、彼女が動くその瞬間を待ち受けている。

（これが、覇王世代——）

ごくりと唾を呑み込んで、ポッケは目線をまっすぐあげた。

大ケヤキが横手から後背に流れていく。

このカーブを超えればいよいよ、勝負どころの第4コーナー——


双眼鏡の中のバ群が、大ケヤキの陰から次々と現れては第4コーナーへ向かって、速度をあげていく。

一気に詰まっていくバ群の中にポッケの位置を確かめて、タキオンは小さく唇を舐めた。

悪くない。

焦ってペースを乱すこともない。かかりすぎて無駄にスタミナを消耗したりもしていない。ポッケは充分に力を残したまま、最後の直線を迎えようとしている。

菊花賞では完全にカフェに遅れをとっていたが、そこから努力を重ねたのだろう、もう一段、成長を遂げたことがうかがわれた。

ふと耳に、声がよみがえる。


『最強の走りをお前の魂に灼きつけてやる』


見られるのだろうか。

〝プランB〟、その達成。

ずっと望み続けてきたその光景を、ついに——


第4コーナーにバ群がなだれこんでいく。

先頭を駆けていたウマ娘たちの脚が鈍り、後続は速度をあげて、詰まった集団の競り合いが始まっていた。

いったんは追い抜かれた者たちが、次々と前へ出て抜き返す。

『人気の各ウマ娘殺到してきた！　ティエムオペラオーは外に持ち出して行った！

シャインフォーエバー並んで追いかけてくる！　ほぼ一団！　ほぼ一団――！』

バ群のほぼ中央を、オペラオーは悠然と進んでいく。

カーブを大きく回っていくにつれ、背中側から差してきていた晩秋の日ざしが、ぐるりと向きを反転させて横顔を照らした。

夕暮れの気配を漂わせ始めた、まばゆい黄金色の煌めき。

かすかに目を細めたオペラオーは、その光の向こうに待つ風景に、ふっと口元をほころばせた。

さざ波のように煌めく黄金の光の中、ゴールまでの道がただひとすじに、覇王の前に横たわっていた。

時は来た。


「我が好敵手たちよ……！　フィナーレの刻だ！」


何度レースを重ねても、何度勝利を手にしても、この瞬間は心が震える。

ここから始まるクライマックスに、いかなるドラマが待ち受けているのか。

いかなる勝負を、我々は描くことができるのか。

勝利の凱歌をあげることができるのは、いったい誰か――

「来たまえ！　勝負を決しようではないか‼」


風をはらんだマントが躍る。

深く深く地を踏み締めて、覇王の瞳が、真紅の闘気に染め上がる。


疾風が、ターフに吹き荒れた。

『テイエムオペラオーここで仕掛けたーーッ‼』

実況アナウンサーの絶叫をもかき消す、十一万の観客があげる歓声。東京レース場が地鳴りのように鳴動する。

「出たあぁァッ！　覇王の走りだ！」

「オペラオー！　そのまま一気に行けーッ！」

躍り上がって応援の声を嗄らす観客たちの中、慄然とフジキセキは息を呑んだ。

ルーたち三人が喉を振り絞って叫んでいる。

両手を握りしめたダンツと、微動だにせず目を見開いたカフェが、ターフの上を食い入るように見つめている。

『さあ、最後の坂を駆け上がってくるが、先頭はティエムだ！　ティエムオペラオー！　ティエムオペラオー！』

直線に入ったバ群は一団となってごちゃついたまま、互いに前に出られずにいる。

それらを軽々と置き捨てて、オペラオーがひとり往く。

圧倒的というほかない。

ここまで走ってきた流れのままに、ごく自然と脚を運んで、だがその強烈な加速は誰も寄せつけることなく。

追いすがろうともがくバ群から完全に抜け出して、最後の直線を駆け上がっていく。

距離が開いていく。

夕暮れの黄金色に染まったターフの上を、悠然と駆け抜けていく。

『二度目のジャパンカップ王座、世界最強の座へ！　覇王がついに王手をかけた‼』

何度も何度も繰り返し観た映像と、同じ光景が目の前にあった。

どれほど追われても、囲まれても、最後には必ずそのすべてを突破して先頭に立つ、偉大なる王者の姿――

一瞬、呼吸すら忘れて、ポッケは見つめた。

黄金色の夕陽の中、マントの背中が遠ざかっていく。

光を弾(はじ)いて煌めく王冠は、炎を灯(とも)したようだった。頭上に勝利のトーチを高らかに掲げて、覇王は頂点へ駆け上っていく。

(これが……、覇王、テイエムオペラオー……!!)

腹の底で、ぞくりと何かが震えた。

身体の芯(しん)からわきあがり、全身に伝わってくる、寒いのか熱いのかもよくわからない感触。

畏怖(いふ)。

あんな存在(モノ)に勝てるわけがないと、本能が告げている。

けれど同時に、強烈に胸が躍った。

(勝ちたい……!)

がくがくと脚まで震えそうな畏(おそ)れに苛(さいな)まれながら、その感情は爆発的に膨れ上がってポッケを充(み)たした。

それは、ウマ娘の魂に宿る、もうひとつの本能。

(勝ちたい……!!　あいつに……!!)

理屈ではなく。

勝算など知ったことか。

あのとてつもない走りに。あのとんでもない存在に。

追いつき、そして――

（勝つ!!）

強く強く地を踏み込み、全力のバネをためて蹴り出す。

大外へ。

混雑するバ群の外側へ進路をとったポッケは、猛然と前へ駆け出した。

強者たちがひしめき合いながらしのぎを削るその横を抜けて、前へ。

さらに前へ！

覇王の背中を目がけて、その先へ！

『ジャングルポケット来た！　外からジャングルポケットが差を詰めてきたーーッ！』

◯

タキオンの双眼鏡が、ゆらりと下がる。

現れた紅い瞳は、瞬きさえ忘れて目の前の光景をとらえていた。

バ群を抜け出て、先頭を往く二人のウマ娘。

盤石の走りでゴールへ近づく覇王オペラオーに、猛然と迫っていくポッケの姿が、そこにあった。

◯

怒号のような歓声が、東京レース場を揺るがせていた。

オペラオーに、ポッケが迫っていく。

絶対王者に、今年のダービーウマ娘が追いすがろうとしている。

『襲いかかるジャングルポケット！　襲いかかるジャングルポケット！　最強ウマ娘の意地をかけた一騎打ち――！』

ルーが、シマが、メイが叫ぶ。

ダンツとカフェが、寄り添うように手を握り合う。

タナベが祈るように呟いた。

「行け……！　ポッケ……!!」

じりじりと、両者の距離が縮んでいく。

ポッケが追い上げている。

『テイエムか！　ジャングルか！　どっちだ⁉　どっちだ――!!』

ああ、とフジキセキは呻いた。

脳裏をよぎるのは、まだたった一年も経っていない、あの日の光景。

初めての敗北に膨れっ面していたポッケが、オペラオーの有馬記念を観て大興奮で飛び出していった、あの日の横顔。

あの日の自分にいまのこの瞬間を伝えても、きっと信じないだろう。

覇王の勝利に無邪気に歓声をあげていたあの子が、いま、その背中へと追いつき、追い越そうとしている。

（ポッケ……！　君は、君というウマ娘は、本当に……!!）

晩秋の陽光はさらに傾き、世界が黄金色に染め上げられていく。
その中を、煌めくふたつの影が駆ける。
揺るぎない足取りで頂点へと向かっていくオペラオーと、
その覇王の背中へ、いままさに襲いかからんと迫っていくポッケ。
声も出ず、瞬きもできずに、タキオンは見つめていた。
（……届く）

見開かれた紅い瞳に、ふたつの影と——ひとつの幻が映る。

ポッケの走るさらに先、導くように先陣を駆け抜けていく、かつてタキオンが遺していった、光を超える光の幻影。

過去に灼きつけられた姿のまま、速さも強さも決して変わることのない幻影へ、疾駆するふたりが迫る。

見る間に追いついて、追い越した。

黄金色の光を浴びて、自らも輝くようなポッケが、オペラオーに並びかけていく。

並び、そして、さらに——

(届く……!!)

己が身を抱いて、タキオンは震えた。

追い抜かれた幻影は、ターフから完全に消え失せていた。

◯

聞こえるのはただ、自分の息遣いだけ。

満場の大観衆の声も、実況の絶叫も、後続の靴音も——すべてがポッケの感覚から遠ざかっていく。

すぐ傍らを駆けるオペラオーの姿さえ、視界から消えていく。

ひた走る。
ただひたすらに、目の前に広がるターフを駆け抜け、その先へ。
誰よりも速く。
誰よりも、強く——

(俺は〝最強〟に、なる!!)

バッと目の前が大きく開けた。
吹き渡る風の中、一面に、果て無く広がる緑野がそこにあった。
どこまでだっていける。
いつまでだって走れる。
能力も資質も、きっと関係ない。
あきらめずに走り続けたものだけが、きっといつか、たどり着ける場所。
それは、ウマ娘の肉体の限界さえも超えた果て——
無限の可能性そのもの。

──ドッと蹄鉄が地を踏んだ。

一瞬にして戻ってきた現実の風景の中、ポッケは最後の一歩を蹴り出す。

のばした脚が、ゴール板を越えた。

すぐ隣を走るオペラオーよりも、一拍だけ早く。

クビ差だけ速く。

夕暮れ色に染め変わっていく東京レース場、オペラオーを抜いたポッケが、先頭でターフを走り抜けた。

『ジャングルポケットです！　ジャングルポケット1着──!!』

○

観客席が揺れる。

爆発したような歓声と興奮の坩堝のさなかで、ポッケの応援団はまだ呆然と立ち尽くしていた。

『最強ウマ娘の！　最強ウマ娘の！　意地を見せた！　ジャングルポケット！　そして、テイエムオペラオーの一騎打ち！　国内外の強豪、シニア級のウマ娘たちを打ち倒し、ジャパンカップの頂点に立ったのは、ジャングルポケット！　名実ともに最強の座を掴み取りました!!』

　両手で口元を押さえ、目を瞠ったままのカフェに、ようやく実感がこみあげたのか、ダンツが歓声をあげて抱き着いた。

「ポッケちゃんが……！　ポッケちゃんが勝ったよ……!!」

「……信じられません」

　その隣では、震える手を握りあったルーとシマ、メイが声をあげて号泣し始める。

「ヤベえよポッケ！　おまえ最ッ高だよ！」

「とうとう覇王に勝っちまったっスよ、ポッケさんが！」

「おまえは俺たちの、いや、トゥインクル・シリーズの星だ！　ポッケ────ッ!!」

　わあわあと騒がしい三人娘をなだめることすら忘れ、ターフを見つめるフジキセキの肩を、タナベが叩いた。笑みの滲む瞳で、電光掲示板を指す。

　記されたタイムを確認して、フジキセキは声をあげた。

「二分二三秒八……！」

　ジャングルポケットの日本ダービーの時計は、二分二七秒フラット。

　それより三秒以上もタイムを縮め──同じコースで走った過去の自分自身を超えて、ポッケは勝利をもぎとった。

　クラシック級のウマ娘がジャパンカップを制するのは、エルコンドルパサー以来の快挙だ。さらに言えば、その年のダービーウマ娘がジャパンカップを勝つのは、トゥインクル・シリーズでも史上初のこととなる。

まぎれもない、時代最強のウマ娘だと、ポッケは証明してみせた。

「やりおったのう、本当に……！」

眼鏡の奥の目を細めるタナベに、懸命に何度も頷き返して、フジキセキは震える胸をぎゅっと押さえ込んだ。

鼓動が激しく打っている。

いま見たポッケの走りが、灼きついて離れない。

(勝ちたい……!!　私も、あの走りに……!!)

ああ。

やっぱりこれが、ウマ娘の本能だ。

C

まだ整わない息を繰り返しながら、ポッケはぽかんと空を仰いでいた。

(……何だったんだ、あれ……)

ゴール直前に垣間見た、無限に拡がる緑野の世界。

見たこともない、けれどなぜだかひどく、懐かしくもあるような。

目覚めた後の夢のように、確かに見たはずの風景が急速にぼやけていく。もう曖昧にしか思い出せず、強く胸をかきたてられる思いだけが残った。

あの先には、きっとある。

自分たちが走り続ける理由。

ウマ娘として生まれた意味、そのすべてが——

いますぐ走り出したいような、弾けるような昂揚感が全身を満たし、たまらずポッケは空に叫んだ。

「いよっしゃあああッッ……!!」

いつかもう一度、あの場所に立ってやる。

すべてを超えて。

ウマ娘としての本能のままに——

「素晴らしい！　また一人、挑むべき挑戦者が誕生した！」

背後から、朗々と声が響いた。

慌てて振り返るポッケの目に、黄金色の夕焼けを背負った覇王の姿が映る。ゆったりと拍手を送りながら微笑んでいた。

「見事な走りだった。ここまでたどり着いた君にまずは、心からの賛辞を」

「あ……、えと、俺……」

「次の勝負（ステージ）、楽しみにしているよ」

握手の手を差し伸べるオペラオー。まっすぐにポッケを見つめるすみれ色の瞳（ひとみ）には、何者にも揺るがせられない、強烈な意志が宿っていた。

「覚悟したまえ」

ぞくりと一瞬、背を震わせて——ポッケも負けじと、笑みを刻む。

「俺だって、負けねーぜ!!」

握手をかわす両雄の姿に、観客席からこの日一番の大歓声が沸き起こった。

◯

『勝ったジャングルポケットも素晴らしい走りを見せてくれましたが、3着にナリタトップロード、4着シャインフォーエバー、5着メイショウドトウと、掲示板を国内ウマ娘が独占したのも、ジャパンカップ史上初になりました』

『ええ、時代が変わってきたと言いますか、トゥインクル・シリーズに新しい風が吹き始めたようですね！』

『年末の有馬記念、さらに来年以降のシーズンも、本当に楽しみです』

中継では、実況アナウンサーと解説者の興奮さめやらない会話が続いている。

東京レース場の観客たちも、まだまだ席を立とうという者はいない。ターフの上で握手をかわし、お互いをたたえ合うポッケとシニア級ウマ娘たちというシーンに、惜しみない拍手と歓声を送り続けていた。

その中で——ゴール正面を見渡すスタンド席に、レース中には確かにいた紅い瞳のウマ娘の姿が消えていることに、気づく者はいなかった。

5

晩秋の高い空の下。

刻一刻と陽は傾いて、多摩川の水面も一面の黄金色に煌めいていた。

一直線に延びる土手の道を、タキオンが走っていく。

いてもたってもいられず、東京レース場を飛び出してきた。たったいま、目の当たりにした光景が脳裏から離れない。

(届いた)

確信があった。

覇王を超え、過去のポッケ自身を超え——灼きつけられたタキオンの幻影など、はるか後ろに置き去りにして、ポッケは間違いなくその先に届いた。

ウマ娘の肉体が生み出す可能性、その先。

限界を超えたその先に、到達した者のみが見られる風景。

（知りたい。彼女はいったい、何を見た……!?）

タキオンがずっと渇望してきた領域に、ポッケはついに手をかけた。

もちろん、そこは終着点ではない。

今はまだ爪の先っぽが、ほんのちょっと届いただけにすぎない。無限に拓ける可能性の、ごく一端が示されただけ。

それでも、〝プランB〟は成功したのだ。

ここからさらに検証を重ねていけばいい。今回到達したポッケに触発されて、より多くのウマ娘がさらなる高みを目指すだろう。

実験は続き、タキオンの理論はより完成に近づいていく。

ポッケが、カフェが、ダンツが。あるいはオペラオーたちシニア世代、最近復活を宣言したフジキセキ……みんながきっと示してくれる。


みんなが、届いていく。

タキオンひとりを残して。

「くそ……、くそくそくそ……！　満ち足りろ……！　満ち足りろォォォッ……！

〝プランB〟は成功したんだ……！」

真っ赤に染まっていく空を仰いで、タキオンは呻いた。

呼吸が乱れる。もう何日も、まともに走ってなんかいない。ぜいぜいと息をつきながらも、タキオンは疾走し続けた。

叩きつけてくる風の中へ、全力で怒号する。

「満足じゃないか……！　我々は届くんだぞ！　いまを超えて、その先へ——!!」

『そもそもレースの勝敗なんて、はじめから、私にとってはどうでもいいことだ』

そうだ。そのはずだった。

勝つも負けるも関係ない。それはタキオンの目的ではない。目的を果たしてくれるのなら、レースに出て走るのも、到達するのも、誰でも構わないはずだった。

理論が実証されさえすれば、その対象は誰でもよかった。タキオン自身でなかったとしても、何ひとつ問題はない。

なのに、いま、タキオンは呻いている。

息を荒らげ、めちゃくちゃなフォームで速度だけ限界まであげて、地を蹴りつけて叫んでいる。

「私だけが、届かないのか――!?」

ふいに左脚に鋭い痛みが走った。

致命的ではないが、警告を与えるようなその一撃に気をとられ、タキオンはあっけなく転倒した。

土手を転げて芝まみれになりながら、地面に突っ伏す。

そのまましばらく、うつ伏せた背中は動かなかった。吹き渡る夕風が栗色の短い髪を撫でて、川面へ去っていく。

『俺は進み続ける。挑戦をあきらめたお前には絶対届かない、テッペンへな』

だんッ、と拳が地を叩いた。

突いた拳で身体を支え、タキオンが身を起こす。あちこち泥だらけになった身体を引き上げ、夕空にゆらりと立ち上がった。

広がる空よりなお紅い双眸(そうぼう)が、ギラギラと光っていた。

「確率。シミュレーション。実現性の選択。現実的判断……」

ああ、すべて、どうでもいい。

こわれかけた脚がどこまでもつのか、到達できる可能性は、より効率の高い実験プラン、それによる現実的な目標達成。

何か月も何か月も、無意識下で自分自身に言い聞かせてきたすべてを打ち捨て、解き放つ。

理性の殻をかなぐり捨てれば、残るのはただ、本能がもたらす叫びだけ。

「私が！　この眼で！　その先の景色を見たいんだ!!」

EPILOGUE

トゥインクル・シリーズを運営するURAは、この年の年度代表ウマ娘としてジャングルポケットを選出した。

日本ダービーとジャパンカップを同一年度に制覇した、トゥインクル・シリーズでも初の快挙を成し遂げた功績を称えてのことである。

さらにこの年終わりの有馬記念では、菊花賞ウマ娘マンハッタンカフェが居並ぶシニア級ウマ娘たちを抑えて勝利。

気の早いウマ娘ファンの中には、ポッケたちを〝最強世代〟と呼ぶ者も現れ始め、翌年にはシニア級となる彼女らの活躍に、いっそうの期待が高まった。

そして、時は移り――


ひんやりとした空気に包まれた地下バ道を、ポッケは歩いていく。

まっすぐに延びた広い通路の先、うっすらと光が差し込んでいるのは、今日のレースが行われるターフへ続く出口。その少し手前に、出走するウマ娘たちの控え室に繋がる通路が、十字路のように交差している。

その交差の角口に、二つの人影が佇んでいた。

「……よう、お前ら」

漆黒のロングコートに、同じく漆黒のロングヘアをなびかせたウマ娘と、
淡いピンク色を基調にしたショートパンツに、ポニーテールを揺らすウマ娘。

振り返ったマンハッタンカフェとダンツフレームの勝負服姿へ、ポッケは軽く肩をすくめてみせた。

「俺らがみんな一緒に走ンの、なにげに初めてなんだよな」

「あ……、ほんとだね」

「言われてみれば……、いままで一度も、同じレースには出ていませんでしたね」

ポッケとカフェ、ダンツの三人は、菊花賞を競い合っている。当然、ポッケの指摘はあてはまらない。

ならば——揃わなかった、最後のひとりは。

かつりかつりと床を打つ、均整のとれた足音が、横手の通路から近づいてくる。

だらりと袖のゆるい白衣。

ロングニットから伸びるタイツの脚は、すんなりと細く。

栗毛のショートヘアをさらりと揺らして、紅い瞳がにんまりと笑った。

「やあ、諸君。今日のレースはよろしく頼むよ」

立ち止まったアグネスタキオンが、軽く顎を上げて一同を見回す。

しなやかな動作と、すらりとした立ち姿は、レースを休止する前とまったく変わらないようだった。

「タキオンちゃん……、もうすっかり、大丈夫なの？」

「うむ。何をもって大丈夫と評価すべきかは判断基準が曖昧すぎて即答はしかねるが、私が今日優勝できるコンディションか否かという質問であるなら当然答えはイエスだ。でなければ出走登録などしない」

「ダンツさん……、この人のことは、心配してあげるだけムダです……」

せっかく言葉をぼやかしてデリケートな部分に触れないよう配慮したダンツの言葉を、余りある勢いで踏み潰してつらつらと並べ立てたタキオンに、カフェが一片の容赦もない声で切って捨てる。

ポッケはやれやれと、再び肩をすくめた。

同期でありながら、今日初めて同じレースを走ることになったウマ娘たちは、三者三様の態度で言い合いを続けている。

あのジャパンカップから、およそ一か月後。

休止の時と同様、何の前触れもない唐突さで、アグネスタキオンはレース出走再開を宣言した。

もちろん界隈は騒然となり、たくさんの驚愕と憶測と、それらを圧してあまりある歓呼の声がタキオンを迎えた。

タキオン本人がそれをどうとらえたのか、ポッケは知らない。相変わらず、外野の声など『どうでもいい』の一言で、切って捨てたのかもしれない。

タキオン本人がどうであれ、ポッケは嬉しかった。

あの走りにとりつかれ——再びを願い続けた思いは、同じだったから。


塩対応のカフェと、たはは笑いのダンツの間に入ったポッケは、しれしれと笑みを浮かべるタキオンを見上げた。

「今度は逃げんなよ。タキオン」

紅い瞳が、ぱちりと瞬いた。

ポッケを覗き込み返したタキオンは、理解の悪い生徒にじっくり講義をしてやる教授のような口調で語り始める。

「おやおやこれは心外だね。私がレースを休止したのを逃げた結果だとでも思っていたのかい、君は？　まあ君が理解できないのは無理もないが、あれも当時としては至極妥当かつ最も精度の高い選択ではあったのだよ。何しろウマ娘の肉体の可能性、その先を探るという私の目標を達成するにおいて最優先すべきは実現性の確保であって、というのも私が生物である以上時間的な限界は自(おの)ずから――」

「………」

並べられた言葉は完全に右から左へ聞き流し、ポッケはただじっと、タキオンの表情だけを見つめ続けていた。

ぱちりと再び、紅い瞳が瞬きを繰り返す。

そして、フッと口元が緩んだ。

「ああ、そうだ。あの時の私の決断には、重大なファクターが欠けていた。私自身の〝感情〟という鍵(ファクター)がね」

知性高く、常に完璧(かんぺき)な理論に基づき、ウマ娘のすべてをデータで分析し続けていたタキオンでも――いや、だからこそ気づかなかった、その陥穽(おとしあな)。

どうしてウマ娘は、走りたいと思うのか。

ポッケも、カノェたちも、フジキセキも――ウマ娘なら誰もが知っていて、けれどタキオンだけが知らなかったこと。

あるいは、目を逸らそうとしていたこと。

「私もどうしようもなく、ただのウマ娘だったということさ」

タキオンの瞳が正面から、ポッケの瞳をとらえた。

いつもどおりクールな微笑を保ちながらも、どこか今までとは違う。

何かから解き放たれたような。

タキオンをずっと縛っていた重い枷のようなものが外されて、別の新たな道を歩み始めたような——

「いい瞳になったじゃん、お前」

ぞくぞくと腹の底に渦巻く昂揚に、ポッケは目を細めた。

これから始まるレースで、タキオンはどんな走りを見せるのだろう。

それを追いかけるポッケは、どこまで走れるだろう。

想像するだけで、胸が震える。

「あまり調子に乗ってもらうのも困るね。君は確かに、可能性の先の世界へ一歩を踏み入れかけはしたが——あんなもの、ほんの序の口に過ぎない」

「おうおう、言ってくれるじゃん。お前はブランクもあるしなァ、可能性のなんちゃらヌカしてる間に、俺が最強でハナ叩いてやっからよ！」

昂然と腕を組んだタキオンに、ポッケもニヤリと唇を歪めてみせる。

傍らで聴いていたダンツとカフェが、聞き捨てならない顔で割り込んでくる。

「もー、ふたりとも……！　今日走るの、タキオンちゃんとポッケちゃんだけじゃないんだからね？　今度こそわたしが勝つから。ここまでずうっと頑張ってきた分、見せてあげる」

「……私も、アナタたちには、負けません」

互いに視線をかわしあい、それぞれに笑む。

地下バ道の出口から響く歓声が、次第に大きくなってきた。そろそろみんな待ちわびている頃だろう。

「よーしっ、お前ら！　行くぞ！」

勢いよく走り出したポッケのあとを、ほかの三人も追っていく。

ターフへと飛び出した四人を、大歓声が出迎える。

明るい日ざしの下、見慣れた顔が次々とこちらを振り返った。

「来たのね。今日はよろしく」

「お互い全力で走って、最高のレースにしましょう！」

「よ、よろしくお願いしま——きゃああっ!!」

静謐(せいひつ)な微笑みをたたえたアドマイヤベガと、手を差し伸べるナリタトップロード。お辞儀しようとしたメイショウドトウが何もない芝につまずいて転び、それに手を貸してやりながら、テイエムオペラオーが高らかに宣言する。

「新世代の挑戦者たちよ！　ここからが諸君が真の力を試される舞台(ステージ)だ！　凱歌(がいか)をあげるのは誰か!?　ボクたちは全力で謳(うた)う、君たちも死力を尽くして踊り続けたまえ!!」

そして、やわらかな芝を踏みながら、ひとりのウマ娘がポッケの前へと歩み寄ってくる。

モノトーンのスーツにベルトをかけた、ボーイッシュなスタイル。

肩と腰に配されているのはポッケと同じ、レモンイエローとライムグリーンのストライプ——トレーナー・タナベのチームカラー。

ショートカットの黒髪に、湖水の瞳(ひとみ)を煌(きら)めかせたフジキセキが、勝負服姿で立っていた。

「ポッケ。この日を待ちわびていたよ」

「姐(ねえ)さん——」

万感の思いに、声を詰まらせたのは一瞬。

雲ひとつない晴天へ拳を突き上げて、ポッケは明るく、強く、叫んだ。

「誰が相手でも容赦しねーぜ！　〝最強〟になるのは、この俺だ‼」


彼女たちは走り続ける。

その瞳の先にある、ゴールだけを目指して。

その結果を知る者は、この世界にはまだ、誰もいない。

本書は劇場版『ウマ娘 プリティーダービー 新時代の扉』のシナリオをもとに小説化したものです。
小説化にあたり、若干の変更があることをご了承ください。

口絵・目次デザイン／原田郁麻

小説　劇場版『ウマ娘　プリティーダービー　新時代の扉』

原作／Cygames　ノベライズ／吉村清子
シナリオディレクター・ストーリー構成／小針哲也
コンテンツディレクター／秋津琢磨

令和6年　5月25日　初版発行

発行者●山下直久

発行●株式会社KADOKAWA
〒102-8177　東京都千代田区富士見2-13-3
電話　0570-002-301（ナビダイヤル）

角川文庫　24168

印刷所●株式会社暁印刷
製本所●本間製本株式会社

表紙画●和田三造

ISBN 978-4-04-114619-4　C0193

◇◇◇